GRANDE COLLECTION NATIONALE

JULES LERMINA

35 c.
L'OUVRAGE COMPLET

AVENTURES DE CYRANO DE BERGERAC

Toujours prêt à dégainer et à mettre son épée et son intelligence au service des faibles et des malheureux, Cyrano de Bergerac, dont Jules Lermina a raconté les aventures palpitantes, est le type des héros chevaleresques et bien français.

F. ROUFF, 148, rue de Vaugirard, PARIS

AVENTURES DE CYRANO DE BERGERAC

PREMIERE PARTIE

L'ENFANT MAUDIT

CHAPITRE PREMIER

A L'AUBERGE DU « CHAPON D'OR »

Sous le règne de Louis XIII, la route de Paris à Toulouse était, comme de nos jours, l'un des plus beaux chemins de France.

En 1638, une jolie maison neuve s'élevait à l'endroit appelé le petit Massy, entre Antony et Longjumeau.

Elle arborait une large enseigne où se lisaient ces mots: « Hostellerie du Chapon d'Or ».

Ce jour-là — on était à la mi-septembre — la grande route poudroyait sous le soleil à son déclin.

Un gros homme était accoté contre la porte de l'auberge.

C'était l'aubergiste lui-même à l'affût du client.

Depuis des heures il était là.

Il avait vu passer bien des carrosses, galoper bien des cavaliers.

Mais l'auberge était restée vide...

Comme il poussait un profond gémissement, en faisant mine de s'arracher ses derniers cheveux, une voix résonna derrière lui.

— Hé, là, maître Gadois! Pourquoi vous lamenter ainsi?

Il se retourna.

— Ah! ma femme!... ah! ma Colette!...

— Dites-moi donc plutôt, au lieu de geindre, ce que vous avez sur le cœur, cadédis!

A cette interjection gentiment modulée par les lèvres rouges d'une jolie brune qui n'avait pas vingt ans, et aussi à la pointe d'accent qui relevait chaque mot, il était facile de reconnaître une fille du pays gascon.

Il en était tout autrement de son interlocuteur, dont le parler lourd et traînant révélait un Français des Flandres.

— Colette, déclara l'hôtelier, il n'y a plus d'illusions à nous faire: nous sommes ruinés, nous sommes perdus!

— Déjà!... exclama ironiquement la jeune femme.

Puis, d'un ton de dédaigneuse pitié, elle ajouta:

— Il y a tout au plus huit jours que nous avons ouvert notre hôtellerie... C'est mettre trop de hâte à se désespérer!

— Huit jours seulement, c'est vrai... soupira maître Gadois. Mais dans ces huit jours, nous n'avons pas eu une seule fois à faire tourner nos broches.

Mme Gadois coupa court à ces jérémiades.

Elle lança vers la belle enseigne toute neuve pendue au-dessus de sa tête, un frais éclat de rire.

— Maître Cyprien, mon mari, vous ne savez pas ce que vous dites...

— Moi?

— Vous... Et la preuve que vous radotez la voilà.

Gadois suivit l'indication que, du bras tendu, lui donnait sa femme.

Une dizaine d'hommes à pied, que précédait un grand diable monté sur un cheval noir, venaient de déboucher d'un sentier donnant sur la route, et faisaient halte à deux pas du petit perron qui donnait accès dans l'hôtellerie du « Chapon d'Or ».

Tout à ses récriminations, Gadois ne les avait pas vus venir.

D'un coup d'œil, il compta.

— Onze clients — les premiers!...

Mais une inspection moins sommaire le fit aussitôt déchanter. Qu'était-ce que ces clients-là?

Des soldats d'aventure, des coureurs de grands chemins...

Mais le cavalier avait mis pied à terre, jeté la bride à l'un de ses compagnons et gravi le perron en deux enjambées.

Arrondissant le bras autour du large bord de son feutre, il se découvrait devant la femme de l'aubergiste, et d'une voix rude à laquelle il s'efforçait de donner de galantes inflexions:

— Madame l'hôtesse, dit-il, nous venons, ces braves compagnons et moi-même, vous demander souper et gîte pour la nuit.

L'homme était un énorme gaillard au visage de brique, à la moustache de feu, qu'il retroussait d'un air vainqueur en dévisageant effrontément la jolie hôtelière.

— Inquiet de le voir regarder de si près sa jeune femme, Gadois se hâta d'intervenir.

— Mon gentilhomme, déclara-t-il de sa voix la plus melliflue, nous sommes tout à votre service... Commandez, nous obéirons.

Le grand diable roux jeta par-dessus l'épaule un regard vers l'homme qui lui parlait.

L'ayant jaugé d'un seul coup d'œil, il ricana:

— Obéir à qui commande, c'est ton seul état, tavernier!... nous le savons!

Puis, se tournant de nouveau vers Colette:

— Le nôtre, d'état..., soupira-t-il langoureusement, c'est d'être les dociles esclaves des très parfaites beautés telles qu'est la vôtre, charmante hôtesse...

Tout en parlant, il avançait deux puissantes mains velues vers la taille souple de la belle aubergiste.

Mais soudain il se recula.

Deux tapes nerveusement appliquées avaient eu vite fait de mettre le holà à ces familiarités de soudard.

— Oh! oh! grogna-t-il avec un rire contraint, la belle est farouche!

Puis il grommela entre ses dents.

— Nous verrons bien s'il en sera toujours ainsi!

Et se tournant vers les hommes à pied qui l'accompagnaient il commanda:

— Allons! entrez, vous autres!

L'instant d'après, il s'était attablé dans une petite salle, tandis que ses hommes s'installaient dans une pièce à côté.

La première joie passée, Gadois se grattait le front:

— Pourvu, murmura-t-il, que ces brigands n'aillent pas mettre au pillage ma cave et mon garde-manger!...

La méditation fut interrompue.

— Tavernier!... criait le chef d'une voix formidable.

— Voilà!... voilà, mon gentilhomme!

Et Gadois, sa toque à la main, se dirigea vers la salle où s'était installé le personnage qui l'effrayait autant à lui seul que tous les autres réunis.

L'aubergiste eut un éblouissement.

Des écus d'argent parmi lesquels rutilaient des pièces d'or étaient étalés sur la table, devant le terrible pandour à moustache rousse.

Et celui-ci, en homme heureux d'agir d'exceptionnelle

façon, déposa dans la main de Gadois la moitié du pactole, en proclamant:

— Pour moi, pour mon cheval et pour mes compagnons, je paie d'avance!

Mais tout aussitôt il reprit:

— Tu comprends bien, mon brave, que si je te donne tous tes apaisements sur la dépense qui sera faite ici, c'est que je veux, de mon côté, être tranquille — quoi qu'il puisse advenir.

— Quoi qu'il puisse advenir?... interrogea Gadois sur un ton de stupidité qui n'en laissait pas moins deviner une réelle inquiétude.

— Oui... affirma l'autre rudement.

Et se penchant vers l'aubergiste:

— Ecoute-moi bien... Et fais-en ton profit!... Une fois moi et mes hommes bien repus et désaltérés, une fois mon cheval pourvu d'avoine et de litière, tu regagneras ton privé avec... la belle hôtesse, heureux gaillard... Eh bien, à partir de ce moment-là, quoi que tu puisses voir ou entendre, sois sourd, aveugle et muet... C'est le meilleur conseil que j'aie à te donner...

— Qu'est-ce que tout cela signifie?... balbutia le gros homme.

— Cela signifie que tu as tout intérêt à « faire le mort » cette nuit, si tu ne veux pas que ta femme soit veuve avant longtemps.

Gadois ne se sentait même plus la force de formuler une question.

— A présent, reprit l'autre, du vin pour mes hommes et pour moi! Du bon pour eux, et pour moi du meilleur... en attendant que tu serves en victuailles ce que tu as de plus fin et de plus succulent...

Déjà, Gadois mettait tout en branle à la cuisine et au cellier.

Des pots et des bouteilles paraissaient sur les tables.

La broche tournait, les fourneaux ronflaient.

Colette surveillait diligemment tous les apprêts.

Soudain elle s'écria:

— En voici encore d'autres!

Une seconde troupe faisait, en effet, irruption.

Comme la première, elle était composée de dix hommes et d'un chef à cheval.

Ce chef était petit, trapu, brun, hérissé.

Il ne s'attarda pas en bavardages et galanteries.

D'une voix rauque, il commanda:

— Du vin... pour quinze!

— Pour quinze? fit Gadois stupéfait.

— Oui... Dix rations pour ces vauriens, cinq pour moi... Et vite! J'ai soif!

L'aubergiste s'inclina.

— Puis, à souper! ordonna encore le petit homme.

— Pour quinze?

— Non, pour dix...

— Il y a donc un de ces braves qui ne mange pas?

— Ils mangent tous.

— Mais alors, vous, mon gentilhomme?

— Moi? je bois!... Mais je ne bois pas à crédit, ricana-t-il, ayant grand soin d'ajouter aussitôt, en un grommèlement qui se perdit dans sa barbe en broussaille:

— Du moins, pas aujourd'hui...

En même temps, il plongeait la main et une partie de l'avant-bras dans la poche de son haut-de-chausses — une poche qu'à ce mouvement on eût pu croire sans fond.

Une bourse pansue apparut.

Gadois crut qu'il allait défaillir.

Sur la grande table de cuisine ruisselèrent écus, pistoles, doubles louis.

Du tranchant de la main, le reître divisa le tas en deux parties égales.

— A toi ça, tavernier!

Puis, prenant à la poignée ce qui restait, il le laissa glisser en une tintante cascade dans le gouffre sans fond d'où il l'avait sorti.

Gadois n'avait plus à se découvrir, il le regretta.

Montrant la porte de la salle où s'était installé le chef des premiers arrivants:

— Si votre seigneurie, susurra-t-il, veut bien pénétrer là?

Il ne put ajouter un mot.

Sur son épaule charnue, une main brutale venait de s'aplatir.

L'agrippant de cinq doigts nerveux, puissants comme des tenailles, cette main l'entraînait à l'écart.

Et, redressé sur ses ergots, le petit homme noir lui soufflait à la face, avec une rage de chat-cervier:

— Donnant, donnant! Pour mon argent, je veux tranquillité parfaite!

— Ho... fit Gadois.

— Alors, c'est convenu? Quoi qu'il arrive cette nuit dans ton auberge ou aux alentours, tu ne vois rien?

— Bien!

— D'ailleurs, si tu n'es pas discret, tu sais ce qui t'attend...

— Muet, vous dis-je... Muet comme le fin poisson de Loire que je m'en vais servir sur l'heure à vos braves compagnons...

Jarret tendu et tête haute, l'homme se dirigea vers la salle déjà occupée par le soudard que la belle hôtelière avait si nettement rabroué.

Celui-ci était en train de s'escrimer sur une appétissante carcasse de chapon fin, après avoir fait disparaître comme en un gouffre de gourmandise, ailes, filets et pilons.

Il ne s'interrompait de dévorer que pour ingurgiter le contenu d'un verre énorme où passait, à chaque coup, une demi-bouteille de vieux vin bourguignon.

Soudain, au bruit de la porte qui venait de s'ouvrir, le pandour leva la tête.

— Le major Quincampoix! s'écria-t-il.

— En personne, capitaine Carrefour.

— Vous venez aussi pour l'affaire?

— Pour une affaire, oui... Mais de laquelle me parlez-vous?

— De celle, pardieu! où il s'agit d'une très haute et noble dame...

— Bien!

— Ainsi que d'un très grand seigneur...

— Parfait!

— Où il est question d'un marmot...

— C'est bien la même affaire, décidément.

— Mais, du diantre! pourquoi nous a-t-on caché jusqu'à cette heure le nom de nos compagnons d'aventure??

— Secret d'Etat...

— C'est beaucoup d'honneur qu'on nous fait!

— Ou bien malice de gens de cour dont le dernier mot n'est pas dit, car il nous manque encore quelqu'un...

A ce moment la porte s'ouvrit.

Un être étrange parut dans l'embrasure.

Interminablement long, sec à l'avenant, il retroussait fièrement de sa flamberge un manteau couleur d'amadou tout criblé d'accrocs et de taches.

Derrière lui, Gadois s'inclinait, s'épanouissait, soupesant une recette nouvelle.

Une double exclamation salua l'entrée du nouvel arrivant:

— Chantepleure!

— Lui-même... répondit une voix caverneuse, lui-même, mes bons amis, toujours prêt à chanter et à boire, comme à donner décisifs coups d'épée, sur la commande de qui sait y mettre le prix.

Tout en parlant ainsi, il avait allongé la main vers un tabouret qu'il ramena entre ses longues jambes.

Et s'asseyant:

— Maintenant, mes braves, on va causer...

Pendant ce temps, Gadois, absolument fou de joie, prenait des airs de chef d'armée.

Il lançait des ordres, il bousculait ses marmitons, il rabrouait sa femme.

Mais un bruit venait de se faire entendre au dehors.

On avait heurté à la porte.

— Encore!... fit dédaigneusement l'hôtelier. Parole d'honneur, le « Chapon d'Or » est trop couru!

Sans l'écouter, sa femme était allée l'ouvrir.

Dans le cadre de la porte apparut la haute et élégante silhouette d'un jeune homme, feutre en tête et l'épée au côté.

— Gente hôtelière, dit-il en saluant du geste le plus galant, avez-vous place en votre auberge pour un gentilhomme de bonne naissance et son laquais, tous deux quelque peu fatigués et sentant le besoin de prendre du repos avant de gagner la grand'ville?

— Hélas! notre maison est pleine... fit Colette, et je crains bien...

— Sandious! exclama l'inconnu, la chose serait vraiment fâcheuse!

— Tout en parlant ainsi, il avança d'un pas.

On put alors distinguer à demi son visage.

C'était décidément bien un jeune homme — à peine dix-huit ans.

Mais la caractéristique de sa physionomie était la saillie vraiment prodigieuse d'un nez terrible et recourbé comme un bec d'aigle.

Malgré ce nez monumental, Mme Gadois semblait considérer sans le moindre déplaisir le nouvel arrivant.

Derrière lui, on pouvait voir dans la pénombre un pauvre diable que ses jambes lasses avaient peine à porter.

— A tout hasard, reprit le voyageur, et avant de poursuivre ces pourparlers, il est de mon devoir de vous faire un aveu... Ni moi, ni mon valet, nous ne possédons un écu — pas même un patard... Ce qui n'empêche pas que nous avons grand'faim!...

— Oh! les pauvres garçons!... fit Colette attendrie.

Mais Gadois s'était rapproché.

Il entendit les derniers mots prononcés par le jeune gentilhomme.

Et furieusement il s'écria:

— Pas d'argent!... Mais alors, Godferdom! qu'est-ce que vous venez faire ici? Passez votre chemin! Mon auberge n'est pas un hospice pour les traînards et les vagabonds!

Mais déjà la jeune femme s'était jeté entre eux.

Et s'adressant à voix basse à l'inconnu:

— Vous êtes de Gascogne? dit-elle.

— Eh bien, oui... Je suis de Gascogne gasconnante...
— Alors, allez-vous-en sans dire un mot...
— Mais...
— Faites le tour de l'auberge et m'attendez à la porte du potager...
— Et quand je vous aurai attendu?
— Fiez-vous-en à moi... Et sachez qu'une Gasconne n'a jamais fermé sa porte à un Gascon.
En même temps, elle poussait le jeune homme vers la sortie, dans l'intention bien évidente d'empêcher quelque crise déplorable où son Flamand de mari eût joué un rôle piteux.
Le Gascon disparut.
Colette referma la porte.
— Là, fit-elle en revenant vers l'hôtelier, voilà qui est fait!
— Congédiés!... ricana Gadois en se frottant les mains.
— Moi, dit-elle, je vais au cellier chercher les vins des meilleurs crus...
— Allez, femme! approuva Gadois, en faisant un geste majestueux. Et n'oubliez pas que le « Chapon d'Or » se doit à sa réputation!
Déjà, Colette n'était plus là.
La jeune femme se mit à courir par les méandres des allées du jardin.
Elle entr'ouvrit une porte qui donnait sur les champs.
— Hé là! fit-elle.
— Voici... répondit une voix.
Sur sa main tendue en avant, elle sentit se poser une main.
— Et votre valet?
— Il va nous suivre.
— Mais je ne l'entends point...
— C'est qu'éreinté, fourbu, le pauvre diable n'a pu résister à l'envie de prendre un acompte sur sa nuit.
— Il dort?
— Ecoutez plutôt!
Un ronflement énorme éclatait dans la nuit.
Alors, d'une voix dont il amortissait les vibrations, le Gascon appela:
— Jolivet!
Du pied du mur, un grognement monta:
— Jolivet?... Présent!
— Allons, viens, maroufle! et plus vite que ça!
Un homme se dressa.
— Suivez-moi... dit alors Colette. Et surtout, pas de bruit... pas un mot!
Guidé par la main de la charmante hôtelière, le gentilhomme avait lui-même empoigné son laquais par le justaucorps et le forçait ainsi à suivre son sillage.
Au bout de quelques minutes, on fit halte.
On se trouvait au pied d'un bâtiment dont le modeste rez-de-chaussée était immédiatement surmonté d'un premier.
C'était là l'écurie de l'auberge du « Chapon d'Or ».
A la pensée d'avoir un tel logis, le gentilhomme eut comme une révolte intérieure qui, par ses doigts, se transmit nerveusement aux doigts fins de Mme Gadois.
Elle comprit...
— Hélas! murmura-t-elle, je ne suis pas la plus belle fille du monde... Mais je donne tout de même ce que j'ai de mieux...
Honteux de son mouvement de vanité, le Gascon se pencha vers elle.
— Vous êtes aussi bonne que jolie... De vous, j'accepte tout... Galetas, soupente ou grenier me sera un palais du moment que vous me l'aurez choisi pour gîte.
Colette ne répondit rien...
Mais elle prouva d'une pression de main qu'elle n'était pas insensible à cette protestation.
Alors, ouvrant une porte, elle s'engagea dans un escalier de bois ressemblant fort à ce que nous appelons encore une échelle de meunier.
Elle montait d'un pied leste.
Le jeune homme la suivait sans faire le moindre bruit.
— Entrez là... disait l'hôtelière.
Tâtonnant dans l'obscurité et traînant toujours son valet à la remorque, le Gascon vint heurter quelque chose de moelleux qui ressemblait fort à un lit.
Mais bientôt il vit briller l'étincelle d'un briquet et rougir une mèche d'amadou.
Enfin, une chandelle s'alluma.
Préalablement, Colette avait eu soin de suspendre devant la lucarne un épais et ample manteau de roulier.
— Vous êtes chez vous, mon gentilhomme... déclarait-elle. Je vous ai promis un gîte, le voilà! Fille de Gascogne n'a qu'une parole!
— Toute ma reconnaissance... commença le jeune voyageur.
— Ne parlons pas de ça!... D'ailleurs, je n'ai pas fini... Jamais Gascon ne se coucha de bonne humeur le ventre vide...
Là-dessus, elle disparut.
Resté seul, le jeune homme s'installa sur un escabeau.
Le menton dans sa main, il se mit à songer.

— Diane!... murmurait-il sur un ton de fervente adoration.
Cette rêverie eût pu durer longtemps.
Un bruit vint l'en distraire.
La porte se rouvrait, et la jolie Mme Gadois paraissait sur le seuil.
D'une main, elle tenait un plat où fumait une appétissante volaille.
De l'autre, elle portait deux flacons que leur seule robe poudreuse suffisait à recommander.
Et sous son bras elle maintenait une belle miche de pain frais.
Elle posa le tout sur un bahut.
Puis tirant à son hôte la plus aimable révérence:
— Votre Seigneurie est servie... dit-elle. Je n'ai plus qu'à me retirer...
« L'âme de la femme est ondoyante », ont dit les philosophes de tous temps.
Les âmes des hommes doivent être un peu dans le même cas...
L'instant d'avant, le Gascon soupirait pour une belle dame ou demoiselle qui répondait au nom de Diane.
Et voilà qu'à présent sa prunelle s'allumait sur la jolie compagne de Cyprien Gadois.
Il s'approcha d'elle, lui prit la main et, sous couleur de gratitude, se mit à lui débiter de galants madrigaux.
Moitié rieuse et moitié confuse, Colette ne pouvait s'empêcher de prêter une oreille curieuse et charmée.
Sa poitrine se soulevait, une rougeur montait à ses joues.
Deux bras frémissants allaient l'enlacer...
Soudain, elle bondit en arrière.
Un mugissement terrible venait de retentir.
Il semblait qu'une demi-douzaine de joueurs de basse avaient à l'unisson fait vibrer, sous l'archet la corde la plus grave de l'instrument.
C'était encore, et toujours, Jolivet!
Mais, le charme rompu, Colette s'était ressaisie.
Elle pivota sur les talons et s'enfuit.
Lorsque le gentilhomme eut exhalé sa bile en imprécations contre son laquais — et même en coups de botte que celui-ci ne sentit point — il se dit:
— Cette femme est tout bonnement adorable... je ne peux pas en rester là...
Déjà, il s'était élancé vers la porte.
Il eut une cruelle déception.
Par mégarde ou de propos délibéré, la jolie hôtelière avait tourné la clef dans la serrure.
Prisonnier!
Emporté par sa fougue, il se disait déjà:
— Je vais la rejoindre sur l'heure... n'importe où, n'importe comment!
Mais son regard tomba sur le plat et sur la bouteille.
Et justement, son estomac se plaignait fort d'être trop négligé.
Et trente-deux dents blanches et bien effilées, travaillant au service d'un appétit de dix-huit ans, eurent vite fait d'entamer sérieusement le poulet et la miche.
Chaque temps d'arrêt était marqué par une lampée de vieux médoc de fraîche saveur et fin bouquet.
Mis en goût, le jeune homme allait se verser une dernière rasade.
Soudain, il dressa l'oreille.
Au-dessous de lui, un bruit s'était fait entendre.
Des brides de dialogues montèrent au travers du plancher.
— Quand je vais en expédition, déclarait une voix caverneuse, je ne m'en rapporte à quiconque du soin de seller mon cheval.
— Ni moi... répondit une autre voix moins grave mais non moins rude.
— On risque déjà bien assez, ajoutait un troisième personnage, sans s'exposer par négligence à quelque stupide accident!
— Que peuvent être ces gens, se demandait le Gascon, qui préparent une expédition à pareille heure?
Par instinct d'homme d'épée, il n'en tendit l'oreille que plus attentivement.
Le dialogue continuait dans l'écurie.
— Il ne nous reste plus qu'à appeler nos gens...
— Et à les disposer sur le chemin suivant le plan convenu.
— Oui... un tiers en avant, pour recevoir les cavaliers de tête...
— Le second tiers en embuscade sur les deux côtés de la route, pour tomber sur le carrosse au bon moment...
— Et le reste fonçant sur l'arrière-garde...
— Un mot encore... Pour ce qui suivra, pas de malentendu?
— Il n'en est pas possible...
— A Carrefour la femme...
— A Quincampoix l'enfant...
— Et à Chantepleure le soin de s'assurer que les survivants ne survivront guère...
— Pour aller raconter ce qu'ils auront vu...
— Soyez tranquilles, mes amis..., affirma la voix caverneuse. Une balle de pistolet dans le tympan ou un coup de

dague en plein cœur, il n'est tel pour imposer silence aux médisants...
Le Gascon n'avait pas perdu une seule de ces paroles.
Et les poings crispés, il grondait:
— Oh! les affreux, les ignobles bandits?
Ce qui se préparait, c'était un guet-apens infâme!
Et quelles en seraient les victimes!
Une femme.
Un enfant!
— Il se trouvera au moins un homme de cœur pour les défendre! s'écria-t-il, oubliant toute prudence, en un élan de généreuse exaltation.
A ce moment, les trois chevaux sortaient de l'écurie.
Le jeune homme souffla la chandelle qui éclairait son galetas.
Et s'élançant vers la lucarne, il arracha le manteau de rouller que Colette y avait tendu.
Il distingua trois cavaliers à feutre empanaché à longue rapière.
Tranquillement, ils se mettaient en selle, en gens qui savent qu'ils ont du temps à eux.
Mais tout à coup, un homme apparut dans la cour.
Et d'une voix haletante:
— Alerte!... criait-il. Les voilà? les voilà!
Il y eut une triple explosion de jurons formidables.
Les chevaux se cabrèrent sous l'éperon.
L'instant d'après, la cour de l'auberge était vide.
Et le Gascon, du haut de la lucarne, perçut au loin un bruit de galopade, mêlé au roulement sourd d'une voiture lancée à fond de train...
— Cordédiou! rugit-il, quelles que soit les victimes menacées par ces gredins je les sauverai, ou j'y perdrai mon nom!
Rampant jusqu'au bord du toit, il s'accrocha à la saillie de la gouttière, se laissant glisser dans le vide.
A cet instant, il lui sembla entendre dans la chambre qu'il venait de quitter un cri d'effroi...
Il n'y prit garde.
Lâchant la gouttière, il tomba...
Il se retrouva debout sur le pavé de la cour et prêta l'oreille...
Des cris s'élevaient...
Des détonations éclataient dans la nuit...
Et comme s'il se fût cru suivi de tous les braves de sa province:
— En avant la Gascogne! cria-t-il, l'épée au poing et courant au danger.

II

BATAILLE

Le Gascon se trouva en pleine bataille, car c'était au seuil même de l'auberge qu'avait lieu l'agression.
Il vit au milieu du chemin une berline désemparée dont l'attelage gisait à terre.
Entourant cette voiture, six chevau-légers soutenaient le choc d'une quinzaine d'hommes à pied armés de sabres, de massues, de mousquets.
Sacrant, cavalcadant et prodiguant les estocades, un cavalier de puissante encolure excitait les brigands.
C'était le capitaine Carrefour.
Mais la lutte n'était pas circonscrite sur ce seul point.
A cent pas en arrière, d'autres chevau-légers se défendaient contre un autre groupe d'hommes que commandait le long, mince et tonitruant Chantepleure.
Et la même scène se répétait à cent pas en avant.
Là les assaillants étaient menés par Quincampoix, qui parlait peu mais pointait ferme et frappait dur.
Le Gascon avait d'un coup d'œil envisagé la situation.
— Oh! oh! murmura-t-il, ce n'est pas la besogne qui manque... Mais par où commencer?
Son parti fut vite pris:
— Par la femme, par l'enfant!
Il s'élança vers la berline.
A cet instant, deux soldats du roi s'effondraient, frappés à mort.
Un rugissement sauvage salua leur chute.
Et le chef des bandits hurla:
— Feu!
Il y eut une nouvelle décharge...
Lorsque la fumée se dissipa, le carrosse n'avait plus que deux défenseurs...
Alors, dans le cadre de la portière on put voir une femme qui se tenait debout.
Un rayon de lune éclairait son visage.
Elle était pâle, toute frémissante, mais une préoccupation plus puissante que la peur semblait la dominer.
A son attitude, on eût dit qu'elle voulait se faire le rempart d'un trésor confié à sa garde...
— Finissons-en, mes braves, cria Carrefour, et sus à la donzelle!
Brusquement, il se retourna.
A deux pas de lui, le Gascon rugissait:
— Par la capédédiou! je vais t'apprendre à vivre, sacripant!
Malgré tout son aplomb, le reître eut un moment d'inquiétude.
— Pour montrer tant d'audace, se disait-il, cet insolent doit avoir solide escorte...
C'était peut-être du renfort au convoi attaqué!...
Mais non...
L'épée au poing et solidement planté au milieu de la route, l'homme était seul.
Le pandour leva les épaules.
— Que nous veut ce blanc-bec? ricana-t-il dédaigneusement.
— Je veux ta peau, coquin!
Et le jeune homme bondit, l'épée haute.
— Pauvre petit!... grogna le soudard, sur un ton de profonde pitié.
Il n'en assurait pas moins dans sa main la robuste poignée de sa rapière, en vertu du principe qu'un bon bretteur doit être prêt à tout.
Mais il poussa soudain un juron énorme.
Sa monture s'abattait sous lui.
Et, retirant du poitrail de la bête son épée toute ensanglantée, le Gascon s'écriait:
— Nous sommes de jeu!... A nous deux malandrin!
Les compagnons du capitaine Carrefour avaient bien entendu partie de ce colloque, mais sans en prendre aucun souci.
Quittant les étriers à temps, Carrefour avait sauté à terre.
Alors, fou de colère, il s'élança:
— Effronté gamin!... grinça-t-il, je te vais vite régler ton compte!
— Essaie donc, triple gueux!
Et, parant un coup droit mal donné, le Gascon se fendit à fond.
— Touché! proclama-t-il.
Carrefour avait crispé sa main sur sa poitrine.
Entre ses doigts coulait un mince filet sanguinolent.
Encore ne devait-il qu'à un brusque saut en arrière de n'avoir pas été percé de part en part.
Mais il revenait à la charge.
Sa large lame rencontra de nouveau la fine épée du jeune Gascon.
Encore une fois, l'aventurier comprit qu'il avait affaire à forte partie.
Il ne songeait plus à hâbler.
— Il faut en finir! grondait-il.
Mais le jeune homme écartait la flamberge par de vigoureux battements.
Et ses furieux coups d'allonge obligeaient Carrefour à sans cesse reculer.
— Oh! oh! monsieur nous fait faire bien du chemin!... gouaillait le Gascon.
Le capitaine ne répondait que par des exclamations furibondes.
— C'est donc une chasse à courre? reprit ironiquement le jeune homme.
Et presque au même instant, il se mit à crier:
— Hallali! hallil! la bête est prise!
Sa lame avait disparu tout entière dans la poitrine du capitaine Carrefour;
Pendant ce temps, les deux derniers défenseurs de la berline se battaient désespérément contre les soudards.
— A moi, bandits! clama le Gascon.
Les soldats de Carrefour comprirent à qui s'adressait cet appel.
Ils se retournèrent.
Avec stupeur, ils virent leur chef allongé sur le sol.
Mais leur surprise eut vite fait place à de la rage.
Le jeune homme avait allongé l'épée.
Le coup avait porté.
— Et d'un!... fit le Gascon.
Alors, sabres, mousquets, massues se tournèrent contre lui.
Il ne parut pas s'en apercevoir.
Tranquille comme sur la planche d'une salle d'escrime:
— Et de deux!... reprit-il en voyant tomber un autre des malandrins.
Tous s'élançaient pour l'écraser.
— Et de trois!... cria-t-il encore.
Les balles sifflaient.
Il restait debout.
Souple comme une anguille et vif comme un démon, il parait les coups de sabre, évitait les massues.
— Et de quatre!...
— Et de cinq!...
Les bandits s'effaraient.
Déjà démontés par la mort de leur chef, ils se démoralisaient de plus en plus.

Bien que nombreux encore contre un seul adversaire, ils crièrent lâchement:

— A nous!

Mais pas plus que ceux de l'arrière-garde, les assaillants de tête ne songeaient à s'occuper d'eux.

Ils avaient assez à faire pour leur compte...

— Et de six!...

Alors les coquins furent pris d'une crainte superstitieuse.

Ils reculaient sous les coups de pointe de l'enragé Gascon.

Soudain le brave jeune homme se trouva seul.

Les misérables lâchaient pied.

— Pour me retomber sur le dos tout à l'heure, avec leurs compagnons... murmurait le vainqueur.

Il se trompait.

Les fuyards ne tenaient pas à faire connaître qu'ils avaient déguerpi devant un seul homme et une seule épée...

Ils bondissaient hors de la route.

Et bientôt on put voir leurs ombres s'éparpiller et disparaître à travers champs.

Alors le Gascon revint à la berline.

Les deux chevau-légers avaient peine à se soutenir.

— Tout n'est pas fini... leur dit-il. Courage, mes braves! Encore un effort!

A ce moment, il aperçut pour la seconde fois la femme qui se tenait dans la voiture.

De plus en plus pâle, prête à défaillir, elle lui faisait signe d'approcher.

Il allait obéir.

Mais un grand bruit de galopade l'en empêcha.

Montant un cheval de sa taille, Chantepleure arrivait à fond de train.

Prestement, le jeune homme ramassa un pistolet tombé dans la poussière.

Il en examina la charge, le briquet.

Le cavalier venait de s'arrêter.

Il regardait autour de lui.

— Par le tonnerre de mille arquebusades! rugit-il, que sont devenus ces vauriens!...

Le Gascon s'avança.

Et montrant sur la route une demi-douzaine de cadavres:

— En voilà déjà quelqu'un...

— Mais les autres?... demanda Chantepleure, sans même songer, dans sa surprise, à regarder l'homme qui lui parlait.

— Les autres?... Ils ont fui...

— Impossible.

— Détalé comme des lapins retournant au clapier...

— Fui! Par la mort-dieu, et devant qui?

— Devant moi.

L'aventurier avait fait un bond sur sa selle.

Sans lui laisser le temps d'articuler un mot, le gentilhomme reprit:

— Messire Olibrius, je te donne à choisir... Ou faire comme eux... ou bien rejoindre celui-là...

Et, de la pointe de son épée, il montrait le corps étendu du capitaine Carrefour.

En même temps, il déchargeait son pistolet en plein frontail du cheval de Chantepleure.

Foudroyée, la bête tomba.

Le cavalier se retrouva debout.

Et tout en grondant des menaces, il s'élança sur le Gascon.

Aguerri par l'aventure de tout à l'heure, celui-ci croisait le fer avec une parfaite sérénité.

Mais la rapière tomba sur la fine lame d'acier avec la brutalité d'un marteau.

Dans la main du jeune homme, il ne resta que la poignée.

— Capédédiou! s'écria-t-il.

Alors il eut nettement conscience d'être perdu...

Les deux chevau-légers, tout blessés qu'ils étaient, accouraient à son aide.

Trop tard!

Déjà l'arme terrible du capitaine Chantepleure s'était levée...

Et rien pour détourner le coup!

C'était fini...

Il n'y avait plus qu'à mourir...

Non... Il n'y avait plus qu'à vaincre!

Il ne chercha pas à s'expliquer le miracle.

Un éclair d'acier brillait devant ses yeux.

Il para...

— Mille millions de... commença Chantepleure, qui l'avait cru désarmé.

Le juron resta en route.

Dans son élan, le reître s'était enferré...

Il tomba sur les genoux.

Un râle sinistre s'échappa de sa gorge.

Puis il s'allongea brusquement, dans une détente nerveuse, visage en terre et bras en croix.

— Ouf!... je reviens de loin... fit le Gascon, respirant largement.

Mais il ne put reprendre haleine à son loisir.

D'autres bandits accouraient.

En arrière, en avant, rien n'existait plus de l'escorte de la berline.

Et tout ce qui survivait des vainqueurs se rejoignit autour du Gascon.

— Oh! cette fois, se dit-il, mon affaire est bien nette! Tant pis! Je ferai mon devoir jusqu'au bout!

Sa rapière tournoya en un moulinet formidable.

Il y eut des clameurs de rage et des hurlements de douleur.

— Hé! mordiou, ça va bien, s'écria le jeune homme.

Et il continuait à frapper.

Mais un nouveau galop se fit entendre.

Le major Quincampoix survenait à son tour.

Il poussa une rauque exclamation de surprise.

Quoi! voilà tout ce qui restait de ses hardis routiers?

Une dizaine d'hommes à peine...

Mais Chantepleure, mais Carrefour, qu'étaient-ils devenus?

Homme d'action avant tout, Quincampoix remit à plus tard d'explication de ce problème.

Tout d'abord, il fallait se débarrasser des adversaires encore debout.

Ils n'étaient plus que trois, dont deux à peine valides.

On en aurait bien vite raison.

Et montrant les chevau-légers qui s'avançaient péniblement au secours du jeune homme:

— Expédiez-moi ces deux-là, rugit-il.

Puis désignant le Gascon:

— Moi, je me charge de cet autre!

Les brigands ne se le firent pas dire deux fois.

Ici un bretteur endiablé, là-bas deux éclopés: le choix était tout à leur avantage.

Ils coururent sus aux deux soldats.

Tout en faisant face à la bande, le gentilhomme avait dû rompre pied à pied.

Acculé maintenant au mur de l'hôtellerie, il se sentait gagné par la fatigue.

Son bras commençait à faiblir.

Il éprouvait une douleur lancinante à l'épaule.

Sur son pourpoint s'élargissait une large tache de sang.

Frappé d'une balle et d'un coup de pointe, dans le feu de l'action il n'avait rien senti.

A présent, il souffrait de ses deux blessures.

Mais Quincampoix arrivait sur lui, sabre levé.

Le Gascon tenta d'allonger une suprême estocade.

D'un coup brutal, le soudard écarta le fer.

Sa rapière n'était plus qu'à quelques pouces de la poitrine du gentilhomme.

Oh! cette fois, c'était bien la fin!

Alors, malgré le danger qu'il courait, le Gascon put constater un fait étrange.

Sous le cheval du reître, une ombre venait de se glisser.

Et la bête se dressait sur ses pieds de derrière, en poussant un long hennissement de douleur.

De son ventre giclait un ruisseau de sang.

Dans la plaie brillait le manche d'un poignard.

Puis l'animal s'abattait comme une masse.

Encore une fois, le brave jeune homme était sauvé.

Il s'élança.

— Tu m'as manqué, criait-il, mais moi je ne te manquerai pas!

Et Quincampoix roula près du cheval, la gorge traversée

Le Gascon triomphait.

Oubliant fatigue et blessures, il se sentit d'humeur à tenir tête à une armée.

Or, il n'avait plus devant lui que quelques malandrins.

En un grouillement d'hyènes et de chacals, il les vit s'acharner après les deux cadavres.

— Lâches coquins! leur cria-t-il avec dégoût.

Et la rapière du capitaine Carrefour reprit entre ses mains le rôle — nouveau pour elle — de justicière.

Eblouis, terrifiés par cette escrime vertigineuse, les survivants crurent bon de ne pas s'y tenir exposés.

Ils prirent le large.

Maître du champ de bataille, le Gascon restait seul au milieu du chemin.

— Par la capédédiou! murmura-t-il, ces damnés sacripants vont-ils enfin me laisser reprendre haleine?...

Il regarda autour de lui.

Aussi loin que portât sa vue, rien ne bougeait.

La route était déserte.

Le clair de lune n'y montrait que des corps étendus.

— Décidément, reprit le Gascon à mi-voix, je crois que me voilà tranquille.

Mais sa propre sécurité ne lui suffisait pas.

— Et la femme?... et l'enfant?... se demandait-il, en se tournant vers la berline.

Une angoisse le mordit au cœur.

Là tout à l'heure encore, il avait nettement distingué une forme féminine...

Elle avait disparu...

Le cadre de la portière était vide.

— Sandious! n'aurais-je tant travaillé que pour sauver ma peau?

Et le brave jeune homme frissonnait à la pensée que des gens de la bande avaient pu enlever, sans qu'il en vît rien, ceux qu'il voulait sauver.

Il se précipita sur la portière du carrosse.

L'ayant ouverte d'un geste violent, il se pencha à l'intérieur.

Brusquement il se recula.

Il avait sous les yeux un spectacle effroyable.

Le cadavre d'une femme gisait sur un des coussins.

La malheureuse portait le costume des villageoises de Touraine.

Un de ses seins sortait du corsage dégrafé.

Il avait été affreusement labouré par une balle d'arquebuse.

Et sur cette chair blanche de jeune mère, un flot de sang s'était coagulé.

Le Gascon avait compris.

Cette pauvre femme était la nourrice de l'enfant contre qui l'expédition était menée.

Et elle avait été frappée au moment où elle l'allaitait...

— Mais alors, le pauvre petit?...

N'osant aller jusqu'au bout de sa pensée, le jeune Gascon se pencha de nouveau.

Alors, il vit une autre femme allongée sur les coussins du fond.

Un rayon de lune éclairait son visage.

Il la reconnut.

C'était elle qui, debout dans la berline, avait suivi d'un œil anxieux les péripéties du combat.

De ses bras étendus, elle semblait vouloir protéger, même dans la mort, un nouveau-né posé près d'elle sur le coussin.

Le Gascon pénétra dans le carrosse.

Et, se mettant à genoux devant l'inconnue, il posa l'oreille à la place de son cœur.

— Elle vit! s'écria-t-il.

Puis s'étant penché sur l'enfant.

— Il dort.

Redescendu sur le chemin, le jeune homme resta un moment pensif.

Cette femme, cet enfant, qu'allait-il faire?

Mais tout à coup, une voix fraîche et vibrante résonna près de lui.

C'était comme une claire et joyeuse fanfare.

Le Gascon se retourna.

Il se trouva en présence de la jolie hôtelière.

— Vous, cadédis! s'écriait-elle, vous êtes un brave jeune homme!

Et désignant du doigt une fenêtre de sa maison:

— De là-haut, j'ai tout vu!... Quel courage! quel feu! quel entrain!... Ah! vous êtes bien un vrai fils de Gascogne!

Le jeune homme la regardait en souriant.

— Payse, dit-il, vous êtes contente de moi?

— Contente? Oh! ce n'est pas assez... dites ravie, transportée!...

— Alors, j'ai mérité d'être récompensé?

— Certes!... mille fois pour une!

— Je vous prends au mot...

— Que voulez-vous dire?

— Payse, je réclame mille baisers...

— Ah! c'est trop pour une fois! fit gaiement Colette... Mais, s'empressa-t-elle d'ajouter, j'offre un acompte, pays!

Les lèvres du jeune homme venaient d'effleurer la joue fraîche et veloutée de la jolie aubergiste.

Soudain, un léger cri leur fit retourner la tête à tous deux.

— Vous avez entendu? demanda Colette.

— Oui...

— Qu'est-ce que c'est?

— L'enfant...

— Quel enfant?

Mais déjà son compagnon l'avait quittée.

Il reparut bientôt, tenant le nouveau-né.

— Oh! le pauvre mignon!... fit Colette attendrie.

Et s'emparant du petit être, elle se mit à le bercer doucement contre son sein.

— Ma jolie hôtesse, dit alors le Gascon, vous êtes une femme de tête...

— J'ai tout lieu de le croire; maître Gadois aussi.

— Et vous avez bon cœur.

— Ah! ça, oui!

— Eh bien, j'ai grand besoin de vous pour conseillère.

— Parlez.. Et si je puis...

— Voici: L'enfant n'était pas seul, vous pensez bien, dans cette voiture. Il y avait deux femmes auprès de lui.

— Que sont-elles devenues?

— L'une est morte.

— Tuée par les sacripants?

— L'autre... sans doute la mère... n'en vaut guère mieux...

— Pauvre femme! Il nous faut bien vite occuper d'elle!

— Assurément... Mais c'est à ce propos que j'ai besoin de vos avis.

— Parlez...

— Une telle levée d'aventuriers contre une femme et contre un enfant, ce n'est pas seulement une monstrueuse lâcheté... cela cache un mystère...

— Sans doute... Mais que supposez-vous?

— Rien! Je n'essaie même pas d'approfondir... Je me dis seulement que ce n'est point assez de sauver les gens à la force de sa rapière: il faut encore les protéger contre les dangers à venir!

Avec élan, la jeune femme lui tendit la main.

— Ah! voilà qui est bien! s'écria-t-elle. Brave et généreux jusqu'au bout!

— Donc, reprit le Gascon, il s'agit de soustraire cet enfant et sa mère à quelque nouvelle entreprise.

— Alors, je me charge de tout!

— Merci!... Ah! je savais bien que je trouverais en vous une bonne et utile alliée.

— Donc, prenez dans vos bras cette malheureuse, et suivez-moi.

Ceci dit, elle se dirigea vers la maison.

Au moment d'y pénétrer, son compagnon tourna la tête.

Il avait nettement entendu un gémissement à quelques pas de là.

— Un blessé?... Soldat de l'escorte ou bandit, peu importe!... Je reviendrai tout à l'heure.

L'hôtelière l'avait fait entrer par une petite porte donnant dans un fournil.

Puis, ayant gravi un escalier de quelques marches, elle introduisit le Gascon dans une chambre modestement meublée qui ne recevait que par un œil de bœuf la lumière du dehors.

Avec un soupir de réel soulagement, son compagnon étendit l'inconnue sur le lit, près de l'enfant.

Et l'hôtelière se mit en devoir de la déshabiller.

— Je me retire, dit alors le jeune homme. Le temps de voir là-bas quelque chose qui m'intrigue, et je reviens.

Tout en descendant l'escalier qui menait au fournil, il se tâtait le côté gauche et l'épaule droite.

— Ces damnés coquins m'ont touché... murmura-t-il. Bast! ça cuit, ça tire, on perd un peu de sang, mais rien de grave... Ce sont des blessures dont on est vite guéri.

Lorsqu'il se retrouva sur la route, il entendit un nouveau gémissement.

Tout à coup le jeune homme s'arrêta.

Son pied venait de heurter le cadavre du cheval.

Et les plaintes se faisaient entendre de plus belle.

Il se baissa.

A demi écrasé par le poids de l'animal, un homme était là.

— Jolivet!...

— Oui, monsieur Savinien, râla le malheureux.

— Comment! est-ce toi, mordious! que je retrouve ici?... Je t'avais pourtant bien laissé là-haut, dormant comme un diacre à matines...

— Mon maître, je vous dirai tout... Mais tirez-moi de là... J'étouffe...

Réunissant tout ce qu'il avait d'adresse à tout ce qui lui restait de force, il souleva l'avant-train du cheval et parvint, petit à petit, à dégager le pauvre Jolivet.

— Ouf! c'est fait! cria-t-il enfin.

— Rien de cassé!... proclama l'autre d'une voix joyeuse.

— Alors, tout va bien, et tu vas me dire...

— Comment m'ayant quitté sur un lit, vous me retrouvez sous un cheval?

— Oui, explique-moi... Mais fais vite.

— Voilà... quand vous avez sauté par la fenêtre, j'ai eu si peur... que j'ai sauté aussi!

— Ah! bah!

— Et quel ne fut pas mon effroi quand je vis que vous vous battiez avec une espèce de géant...

— Le fait est que le gredin rappelait Antée, fils de la Terre...

— Je ne sais pas de qui il était fils... Mais ce que je sais bien, c'est qu'il avait brisé votre épée... J'ai cru m'évanouir de terreur...

— Et alors?

— Ma foi, je ne sais pas trop comment... étant à quatre pattes... j'ai trouvé sous mes doigts une rapière...

Le Gascon s'esclaffa.

— Et tu me la mis dans la main.

— J'aurais eu trop d'épouvante à m'en servir moi-même... C'est comme ce cheval énorme qui allait vous écraser: j'ai vu trente-six chandelles... Et pour ne pas assister à un spectacle qui m'aurait fait fuir aux antipodes, toujours à quatre pattes, j'ai passé sous le cheval...

— Et tu lui as ouvert le ventre!

— Dame! quand on n'a pas le choix des moyens...

— Suis-moi! D'autant que j'ai bien des choses à faire et n'ai déjà perdu que trop de temps...

Et poussant Jolivet d'un coup amical entre les épaules, il le fit rentrer dans l'auberge!

— Çà! madame l'hôtesse, dit-il à la jolie Colette, qui justement descendait de l'étage supérieur, voulez-vous donner à ce garçon de quoi se restaurer!

— Je venais tout justement vous chercher... La jeune femme...

— Est-elle gravement blessée?

— Je ne sais... Mais elle est revenue à elle et veut parler à son sauveur... Venez, venez vite!

Et l'hôtelière l'entraîna, tout en jetant à Jollvet ces mots encourageants:

— Là, dans l'armoire, à droite! Servez-vous vous-même.

Cinq minutes après, le digne serviteur avait engouffré la moitié d'une poularde, entonné deux bouteilles de vieux vin.

Alors s'allongeant sur la table, les bras en oreiller, il se mit à ronfler formidablement.

Suivons le vaillant Gascon et son aimable hôtesse.

III

COMMENT QUAND IL N'EN RESTE PLUS IL EN RESTE ENCORE

Ils avaient de nouveau pénétré dans la chambre de l'inconnue.

On pouvait distinguer sur le lit le corps allongé de la blessée.

Le visage tourné vers la ruelle, cette femme ne faisait pas un mouvement.

Le bruit qu'en s'ouvrant avait fait la porte ne l'avait même pas tirée de sa torpeur.

Près d'elle, l'enfant dormait paisiblement.

Le jeune homme se pencha vers le lit.

Il toucha doucement le bras de la malade.

Elle tressaillit.

— Madame, demanda-t-il alors, comment vous trouvez-vous?

Mais à ce moment, la chambre s'emplit de lumière.

Colette venait de rendre au lumignon tout son éclat.

L'inconnue eut, cette fois, comme un mouvement de surprise.

Avec autant de vivacité que lui permettait sa faiblesse, la malade se tourna vers l'homme qui lui parlait.

— Eh! quoi! s'écria-t-elle, c'était vous, monsieur Cyrano?

— M. Cyrano de Bergerac?... fit à son tour l'hôtelière,

— Oui, madame... dit-il en s'inclinant devant l'une.

« Oui, toute charmante hôtesse... ajouta-t-il en souriant à l'autre...

Mais la première lui tendait la main.

— Oh! c'est une éternelle reconnaissance que je vous dois!...

— J'ai fait simplement mon devoir...

— Pas tant de modestie!

Puis ayant jeté un regard sur l'enfant:

— Occupons-nous de ce pauvre petit...

— Parlez! s'écria le Gascon.

— Ce n'est point mon fils...

Depuis qu'elle s'était montrée en pleine lumière, Cyrano l'avait contemplée avec un extrême intérêt.

Il reconnut la comtesse d'Andigny dont son ami Jean de Maniban lui avait vanté la beauté.

Quoi! c'était là la femme du vieux général d'Andigny, qui combattait à ce moment dans les Flandres...

— Jean de Maniban est mon ami, reprenait la comtesse, j'ai une intime amie que vous connaissez non moins bien... La toute charmante Diane de Lucé.

Ce fut au tour de Cyrano de manifester un certain embarras.

— Madame, balbutia-t-il, je suis mille fois heureux d'avoir pu être utile à une personne telle que vous... Mais le temps presse... Que puis-je et que dois-je faire.

— Monsieur, dit alors la comtesse, je ne dois plus avoir aucun secret pour vous. Mais...

Et son regard se portait sur Colette.

Cyrano ne s'y trompa point.

— Madame, déclara-t-il, cette personne est pour nous alliée sûre et dévouée...

— S'il en est ainsi, écoutez-moi...

Avec l'aide de l'hôtelière, la comtesse s'accota sur ses oreillers.

— Mme de Grammont est, vous le savez, la dame de confiance de la reine... Moi, je suis sous ses ordres.

« Or, hier soir, la duchesse me fit appeler.

« — J'ai, me dit-elle, à vous charger d'une mission de très haute importance.

« Une nourrice parut tenant un nouveau-né.

« — Comtesse, reprit Mme de Grammont, il faut, que, dans une heure, cet enfant soit remis aux mains de la duchesse de Pontvalais, en son château de Verrières, proche le village de Massy... Une berline vous attend au guichet des Pages... Quoi qu'il arrive sur le chemin, gardez bien votre sang-froid... Si l'on vous attaquait, ne prenez souci que de l'enfant...

« — Attaquée?... Quoi, vous supposeriez?

« — Rien! Mais qui sait?

« Mais la duchesse s'arrêta.

« — Allez, comtesse, reprit-elle.

« Vous savez le reste, monsieur de Bergerac.

— Ce qui s'est passé sur la route, murmura le Gascon, ne va pas rester longtemps un mystère... Puisqu'on avait un intérêt à ne pas vous laisser arriver, il nous faut tenir sur nos gardes... Donc, agissons sans nul délai...

— Vous avez raison, approuva la comtesse. Et voilà ce que j'attends de vous; gagnez au plus vite Saint-Germain... Demandez Mme de Grammont... Dites-lui ce que vous avez vu...

— Mais lorsque j'arriverai, il sera grand matin encore... Et la duchesse...

— La duchesse vous recevra, lorsque vous lui aurez fait passer ce bijou...

En même temps, elle tirait de son corsage un collier d'or auquel pendait une médaillon:

— Tout est donc pour le mieux de ce côté... Mais vous? mais l'enfant?...

— Ne nous occupons que de lui... Comment le faire porter au château de Verrières?

Colette intervint:

— C'est à quelques minutes... de l'autre côté du petit bois qui borde presque la maison... Je m'en charge!

Mais un grand bruit se fit entendre tout à coup.

La porte de l'hôtellerie résonnait sous les chocs répétés de crosses de pistolets et de pommeaux d'épées.

Cyrano courait à l'œil-de-bœuf, où passait à présent un rayon de soleil.

Il vit une demi-douzaine d'hommes en uniforme.

Un septième les regardait faire du haut de sa monture.

Celui-ci portait le costume d'officier.

Et d'une voix de fausset:

— Ah! ces croquants ne répondent point!... hurlait-il. Ce n'est que plus louche! Enfoncez-moi cet huis trop obstinément verrouillé!

Cyrano dit simplement:

— M. de Raminoise...

— Le capitaine aux gardes?

— Lui-même.

— Tout est perdu!

— Pas encore!... protesta galement Cyrano. Raminoise est Normand, moi Gascon... Fin contre fin, capédédiou!... Ayez confiance!...

Puis, prenant Colette à l'écart:

— Il nous faut dépister ces gens, ma belle.

— Compris, répondit-elle.

Pendant ce temps le vacarme continuait en bas.

Déjà, les gardes apportaient un tronc d'arbre trouvé sur le bord de la route.

Ils s'apprêtaient à s'en servir comme d'un bélier.

Mais soudain la porte s'ouvrit.

Et Cyprien Gadois se montra sur le seuil.

Raminoise n'était pas homme à perdre son temps en bagatelle.

Hérissé, rageur, menaçant, il se précipita vers le patron du « Chapon d'Or ».

— Te voilà, drôle... Tu te décides à te montrer, triple coquin!... Il faudra bien maintenant que tu me dises...

Instinctivement, l'hôtelier balbutia:

— Je ne sais rien...

— Trêve de balivernes! s'écria le capitaine. Si tu tiens à ta peau, dis-moi la vérité!... Où est l'enfant?

— L'enfant?... répéta l'hôtelier, comme un écho stupide.

— Oui... et la femme qui l'accompagnait?

— Comment pourrais-je vous le dire... puisque je n'ai rien vu.

M. de Raminoise sacrait et trépignait.

— Mais d'où nous sort cet imbécile?... s'écria-t-il au comble de l'exaspération.

— D'où je sors?... De la cave...

L'officier se tourna vers ses compagnons:

— Il nous faut renoncer à rien tirer d'un pareil bélître... Ne comptons que sur nous... Fouillez-moi la maison.

Mais aussitôt, il s'écria:

— Quelle est cette femme?

— La mienne... répondit Gadois.

En effet, Colette venait de se montrer dans l'embrasure d'une porte.

Sans se laisser intimider, Colette se mit à faire un récit de sa façon — un récit fort prolixe.

L'officier s'impatienta de tout ce verbiage.

Et d'un ton rogue, il s'écria:

— Mais l'enfant?

— Je l'ai vu...

— Ah! ah!... Et ce qu'il est devenu, vous pourriez me le dire?

— Il a été enlevé.

— Par qui?

— Par ceux qui avaient attaqué...

— Parfait! parfait!... murmurait Raminoise en se frottant les mains. On sera content...

Puis se ravisant:

— Mais cet enfant n'était pas seul...

— En effet, il y avait une femme...

— Et cette femme?

— Enlevée par les mêmes gens...

— Parfait! parfait! disait de nouveau le capitaine.

La tête lourde, l'esprit troublé, Gadois avait écouté tout ce dialogue sans en comprendre un traître mot.

— Qu'est-ce que je vois? s'écria-t-il soudain les yeux écarquillés.

Et montrant une fenêtre:

— Là-bas...

Tous les yeux se portèrent de ce côté.

Alors, on put voir Cyrano courant à travers le jardin, une femme dans un bras, un enfant dans l'autre.

— Tonnerre! hurla le capitaine. On nous voulait berner... Et sans cet imbécile...

Mais s'interrompant:

— En avant, mes braves!... Nous les tenons!

— Fougueusement — comme s'il se fût agi d'emporter une redoute — M. de Raminoise s'élança.

A ce moment, une voix se fit entendre:

— Par ici, messieurs... C'est plus court...

Une porte s'était ouverte, laissant pénétrer à grands flots le soleil du matin.

Les soldats eurent un éblouissement.

— Jolivet!... s'écria Colette. Jolivet qui trahit...

— En avant! répétait Raminoise.

Et, les yeux fixés sur le but, il bondit dans la direction du jardin.

Mais tout à coup on le vit disparaître...

Il s'était englouti dans le sol...

Trois gardes l'avaient suivi dans sa chute.

Et de la cave montaient de grands cris de fureur...

Que s'était-il passé?

Une fois encore, Jolivet avait fait des siennes...

Eveillé par le bruit mené autour de lui, il avait cru prudent de ne pas bouger.

Mais il n'avait perdu aucun détail de la scène.

Au cri de l'aubergiste révélant la fuite de Cyrano, il s'était glissé sous la table.

Puis, marchant sur les mains, il avait réussi à gagner la trappe de la cave, qui se trouvait juste en face la porte du jardin, et brusquement il l'avait ouverte...

On sait le reste...

Donc les quatre hommes avaient dégringolé...

Nous nous trompons...

Cinq!

Car maître Gadois, dans un mouvement de pitié malheureuse, avait essayé de retenir un des gardes et avait dégringolé avec lui.

Et Jolivet s'assit sur la trappe, en signe de possession...

Mais il lui apparut bien vite qu'il était dangereux de garder cette position sédentaire et paisible...

Il y avait là-dessous trois gardes et le chef, sans parler de Gadois, quantité négligeable...

Mais il restait dehors, sur le plancher, trois escogriffes qui, d'abord stupéfaits de la disparition de leurs camarades, maintenant comprenaient toute l'indélicatesse du procédé de Jolivet...

Et les yeux effarés, les poings en avant, manifestaient l'intention non équivoque de l'écarteler...

C'est pour le coup que Jolivet eut peur...

Et, ma foi, affolé, il étendit la main pour saisir n'importe quoi, à seule fin de repousser l'effrayante vision de terreur qui s'avançait vers lui...

Et ses doigts rencontrèrent un panier... dans ce panier des bouteilles de vin... pleines...

Ce fut ainsi que le premier assaillant, celui qui était vraiment trop près, reçut sur la tête le cul de la bouteille dont il eût évidemment préféré avoir le goulot entre les dents...

Et pif! et paf! les bouteilles de voler comme balles de bombarde et de tomber sur les gardes de messire de Raminoise.

— Eh! sandiou! es-tu fou, Jolivet? cria Cyrano qui revenait par le jardin...

— Ah! monsieur Savinien! j'ai eu si peur! si peur!

— Mais quoi? tu es seul! et tous ces gardes? Et M. de Raminoise?...

— La moitié là dedans! fit Jolivet montrant la trappe... et le reste!...

— Là-bas, courant à travers champs! Et c'est toi qui as fait ces prodiges de valeur?...

— Qu'est-ce que vous voulez?... ils voulaient vous poursuivre!...

— Allons! fit Cyrano en riant, je vois que tu es un incorrigible poltron...

« Mais puisque nous avons le champ libre, ne perdons pas une minute.

« Justement les imbéciles ont abandonné leurs chevaux... Allons, en selle, Jolivet! en selle!...

Un instant après, Cyrano et son valet — disons son écuyer — sautaient en selle...

— Et où allons-nous, monsieur Savinien?...

— A Paris, mon ami! à Paris!... affaire d'Etat.

Les chevaux se lancèrent à fond de train dans la direction de Paris.

IV

A LA COUR

Nous passons d'une humble hôtellerie à résidence de roi.

On était au matin du 15 septembre.

L'aube commençait à blanchir aux fenêtres du château de Saint-Germain.

Et pourtant les salons étaient illuminés comme pour une fête.

Il s'y pressait une foule de courtisans.

On marchait sur la pointe du pied, on prenait un air grave.

Que se passait-il donc?

Pour le savoir, tendons l'oreille vers ce que disent à voix basse deux gentilshommes.

— Je viens du Louvre...

— Vous avez vu le frère du roi?

— Oui, marquis. Je le précède à Saint-Germain d'une heure à peine.

— Il doit être de massacrante humeur?

— Dame! se voir détrôner par un dauphin très imprévu... Mettez-vous à sa place...

Grand, bien fait, pâle et brun, remarquablement beau, l'homme qui parlait ainsi paraissait une vingtaine d'années.

— Mais le dernier mot n'est pas dit... reprenait l'autre gentilhomme. Et Gaston d'Orléans peut garder quelque espoir...

— Comment cela?

— Le royaume de France ne saurait tomber en quenouille... Et s'il nous venait une Dauphine, au lieu du Dauphin attendu?...

Une contraction nerveuse crispa le visage de son jeune compagnon.

La voix étrangement altérée, il murmura:

— Une fille!

— Mais nous saurons bientôt, continuait son ami, quelle surprise nous gardait l'Espagnole, après vingt-trois ans de stérilité...

Il s'arrêta.

Son compagnon avait brusquement relevé la tête

Il disait d'une voix rauque:

— L'Espagnole?... parler ainsi de notre reine!... Jacques je vous le défends!

— Songez-vous bien à ce que vous dites?...

— Je ne songe qu'à ceci: qu'une reine de France souffre mille douleurs pour donner un maître au pays...

Jacques regardait le jeune marquis avec une sorte de surprise où se mêlait une indulgente pitié.

Plus âgé de dix ans que son ami, sa physionomie dénotait l'énergie et la décision d'un homme dans la plénitude de sa force.

— Depuis quand, reprit-il, ne peut-on plus parler d'Espagne lorsqu'est en cause la fille de Philippe III?

— Depuis... depuis... balbutia-t-il à celui-ci. Mais ne me demandez rien...

Un secret?

— Oui... le seul que je me sente le droit d'avoir pour un ami tel que vous...

Jacques s'inclina.

— Henri, dit-il avec douceur, ce maître que vous attendez ne sera qu'un esclave...

« Du moins tant que le cardinal vivra... Après le père, le fils! Après Louis XIII, Louis, quatorzième du nom...

— Oh! s'empressa-t-il d'ajouter, je sais quelles obligations vous avez au premier ministre... Si jeune encore c'est grâce à son appui que vous voilà grand écuyer du roi... Mais cela ne doit pas vous rendre aveugle... N'oubliez pas que la noblesse de France n'a qu'un redoutable ennemi: Richelieu!

— Vous me l'avez maintes fois répété, mon cher Jacques... Pourtant je ne puis croire... D'ailleurs je mets tout mon espoir dans le roi qui va nous venir...

— Un enfant!

— Qui sera bientôt notre maître...

Mais soudain Jacques s'était retourné.

Et d'une voix étouffée:

— Notre maître, le voilà!

Du doigt, il désignait un homme s'éloignant.

Cet homme était un religieux.

Une corde lui servait de ceinture.

— L'Eminence grise!

— Oui... Le moine qui règne sur la France... Le maître du maître du Roi... Pendant que Louis XIII prie dans son oratoire, pendant que Richelieu rumine dans son cabinet de travail un plan contre les Impériaux, le Père Joseph combine de ténébreux projets, va, vient, surveille, épie...

Le franciscain était arrivé à l'extrémité du salon.

Avant d'en franchir le seuil, il se retourna.

— Graine de rebelles... murmura-t-il d'une voix grondante. Vous parlez trop haut messire Jacques de Thou!... Je ne vous perdrai pas de vue... Et quant à vous, marquis de Cinq-Mars...

Mais à ce même instant, il y eut une sourde rumeur.

Une porte venait de s'ouvrir... la porte des appartements de la Reine.

En grand habit de Cour et portant en sautoir le cordon bleu du Saint-Esprit, une femme s'avançait.

C'était la duchesse de Grammont.

Elle portait sur ses bras un nouveau-né.

— Messieurs, je vous invite à saluer Son Altesse Royale le Dauphin de France!

Tous les fronts s'inclinèrent.

Puis, plusieurs officiers s'approchèrent de Mme de Grammont.

Le cérémonial exigeait que l'un d'eux annonçât au peuple la naissance du royal enfant.

Mais ils furent devancés.

— C'est à moi seul, messieurs, qu'il appartient de proclamer l'heureuse nouvelle.

Tous s'effacèrent devant M. le Grand — ainsi qu'on appelait, par abréviation, le premier écuyer du roi.

Et M. de Cinq-Mars reçut des mains de la duchesse un petit être vagissant.

Le jeune marquis était la proie d'une émotion profonde.

Son ami Jacques de Thou le contemplait avec une surprise grandissante...

Mais Henri de Cinq-Mars avait surmonté son émoi.

Il s'avançait maintenant vers une fenêtre qui donnait sur un large balcon.

Devant le château se bousculait une foule énorme.

Lorsque la fenêtre s'ouvrit, il y eut une clameur formidable.

Le marquis présentait à la foule un amas de dentelles et de linon.

Et d'une voix éclatante, il criait:

— Vive monsieur le Dauphin!

— Vive le Dauphin de France! répondirent dix mille bouches en un seul cri.

Cinq-Mars promenait l'enfant d'un bout à l'autre du balcon.

Il le soulevait au bout de son bras pour le faire voir au loin.

De nouvelles acclamations retentirent.

Mais il nous faut nous transporter sur un autre point du palais et pénétrer dans une haute et grande pièce d'aspect sévère.

Un homme arpentait à grands pas le parquet.

Pâle, son mince visage allongé par une « royale » grisonnante, il était tout de rouge vêtu.

Tout à coup il eut un sursaut.

La porte venait de s'ouvrir.

Dans l'embrasure apparaissait un moine.

Le cardinal s'élança au-devant de lui.

— Eh bien? demanda-t-il d'une voix haletante.

— Monsieur, c'est un fils!

— Un fils!

Une joie immense éclaira soudain le fin visage de Richelieu.

— Qui donc a dit, murmura-t-il, que l'excès de joie ne fait point souffrir?

— Sauvé! disait-il. Quoi qu'il advienne du roi je n'ai plus rien à craindre de son frère... Je garde le pouvoir.

— Chut!... fit le moine, un doigt sur la bouche.

En même temps, il prêtait l'oreille à un bruit de dehors.

Des pas nombreux résonnaient dans l'antichambre.

La porte du cabinet s'ouvrit à deux battants.

Et un page annonça:

— Le roi!

Louis XIII parut.

Le ministre s'était avancé à la rencontre du souverain.

Après l'avoir, d'un geste de la main, salué, le roi lui dit avec solennité:

— Un heureux événement vient de s'accomplir...

Richelieu s'inclina.

Puis, relevant la tête, il fixa sur Louis XIII des yeux respectueusement interrogateurs.

— C'est un fils qui nous est né... reprit le roi.

Comme soudainement entraîné par la joie de cette nouvelle, Richelieu s'écria:

— Un fils!... Sire, c'est un grand bonheur pour la Maison de France et pour l'avenir du pays!

« Oserai-je demander à Votre Majesté des nouvelles de la Reine?

— La Reine?... répondit Louis d'un ton indifférent. Je ne l'ai point vue depuis hier...

— Mais vous allez sans doute, Sire, vous rendre chez elle... Et si Votre Majesté me permettait de l'y accompagner...

— Non... plus tard... fit languissamment le roi. Je suis trop las... Je me retire en mon appartement...

Alors, il se leva du fauteuil avec des efforts d'homme exténué.

L'homme rouge et l'Eminence grise se retrouvèrent seuls.

Après avoir regardé autour de lui, comme par un excès de prudence qu'il ne jugeait pas inutile, le moine se pencha vers le premier ministre.

— Monseigneur, lui murmura-t-il d'une voix sombre, il faut plus que jamais bien établir votre puissance... Vous assurer, quoi qu'il puisse advenir, la tutelle du dauphin.

Le cardinal fixa ses yeux vifs sur les prunelles noires et profondes du religieux.

— Achevez, Joseph... ordonna-t-il. Dites-moi bien toute votre pensée.

— Il faut que le pouvoir ne puisse vous échapper — même dans le cas d'une régence.

— Une régence?

— Prochaine!... fit le franciscain d'un ton d'ardente conviction.

Baissant encore la voix, il ajouta:

— Cet homme est perdu!

Richelieu eut un long frisson.

— Qu'importe!... s'écria-t-il. Faisons bravement notre devoir!... Semons la bonne semence...

« Ce que je veux, vous le savez, ami... reprit-il. J'ai trois grands projets dont l'exécution peut seule assurer à jamais la gloire et la tranquillité du royaume...

« L'Espagnol nous presse trop vers les Pays-Bas... J'élargirai donc nos frontières de ce côté-là...

« A quelque prix que ce soit, j'ai grand hâte d'établir un poste sur le Rhin pour assurer à notre France la possession de l'Alsace pour tenir en respect l'empereur et pour secourir aisément les princes qui règnent au delà du fleuve et qui sont nos alliés...

« Enfin — et c'est peut-être là le point le plus important de ma politique — il me sera donné, j'espère, de nous ménager constamment l'entrée en Italie.

Lorsque Richelieu eut achevé, le moine releva le front.

— Et le peuple?... demanda-t-il.

— En m'attaquant aux grands je travaille pour lui.

A ce moment, on gratta à la porte.

Le valet de chambre de Richelieu se montra.

— Qu'est-ce là? fit le ministre avec colère. J'ai dit que je voulais être seul.

— Monseigneur, c'est une demoiselle de la Reine qui insiste pour être introduite... Elle a tant prié, supplié... Je n'ai pas osé...

— Une demoiselle de la Reine?... Son nom?

— Mlle Diane de Lucé.

Une jeune fille s'élança dans la pièce.

Et, se jetant aux pieds de Richelieu, embrassant ses genoux:

— Grâce, monseigneur... cria-t-elle. Grâce, je vous en conjure!...

Il avait froncé le sourcil.

— Vous, mademoiselle!... avez-vous donc votre raison?... Que voulez-vous?... Et comment avez-vous l'audace?...

La jeune fille se redressa à demi.

C'était une adorable créature.

Très brune, ses cheveux avaient des reflets presque bleus.

— Par grâce, monseigneur, écoutez!... reprit-elle. Je sais combien il est téméraire de venir plaider près de vous une cause déjà perdue... Mon frère...

— Votre frère est un traître!

— Un enfant, monseigneur... Un imprudent qui s'est laissé séduire, entraîner...

— Il a conspiré contre la sûreté du royaume. Il est condamné. Aucune puissance au monde...

— Si, monseigneur!... interrompit la jeune fille. Il en est une qui pourrait le sauver!

— Laquelle?

— Celle qui est au-dessus de toutes... la vôtre!

Diane de Lucé continua:

— Monseigneur, nous sommes, mon frère et moi, deux orphelins... Notre grand-père, le marquis Hector de Lucé, est mort au service de Sa Majesté... tué au siège de La Rochelle... sous vos yeux...

« Notre père, Jean de Lucé, a donné sa vie pour que le duc de Nevers plantât l'étendard de la France sur la citadelle de Mantoue!

— Plus grands étaient les exemples donnés à votre frère, au fils et au petit-fils de ces chevaliers du roi, plus criminel est celui qui les a oubliés!...

— Mais, je vous le répète, monseigneur, Raoul de Lucé n'est encore qu'un enfant...

— Un gentilhomme français doit toujours comprendre qu'on ne pactise pas avec l'Espagnol, avec l'ennemi de la France...

— Monseigneur...

— Assez!... J'entends que justice soit faite... L'arrêt rendu par le tribunal des maréchaux sera exécuté!

Richelieu se leva, impatient, se dirigeant vers la porte.

Mais la jeune fille s'était précipitée devant lui.

— Et moi je vous dis, monseigneur, s'écria-t-elle, qu'un gentilhomme français dont le plus grand crime fut la légèreté ne sera pas mis à mort à l'heure où vient de naître un dauphin de France !...

Le cardinal s'était arrêté :

— Que voulez-vous dire ?

— Je veux dire que c'est ce matin... ce matin même, entendez-vous !... que mon frère doit être conduit à l'échafaud...

— Tenez, monseigneur, reprit-elle en se tournant vers la fenêtre, d'ici même vous pouvez apercevoir, à l'horizon, la tache noire que fait au lointain le bouquet de bois derrière lequel se dressera l'échafaud tout à l'heure !... Du sang !... du sang !... Ne redoutez-vous pas qu'il rejaillisse jusqu'au berceau ?

Maintenant, le cardinal réfléchissait.

Un seul point l'avait frappé : une exécution le jour même de la naissance d'un dauphin de France.

Et s'adressant à la jeune fille :

— Regagnez les appartements de la reine... dit-il d'une voix moins rude. Attendez-y des ordres que je pourrais avoir à vous donner.

— Ah ! monseigneur, il est sauvé !... Dites que vous faites grâce !

— Peut-être... dit-il. Allez !

Diane de Lucé le regarda.

Puis, s'étant inclinée, elle sortit.

Le valet de chambre reparut.

— Il y a là, dit-il, nombre de gentilshommes qui demandent si Votre Éminence veut bien leur faire l'honneur de les recevoir.

Les deux hommes échangèrent un expressif coup d'œil.

— Ils vous sentent plus fort que jamais... gronda le franciscain. Ne vous laissez pas prendre aux platitudes de ces valets de cour...

Pendant ce temps, le cardinal avait repris sa place dans son fauteuil.

— Faites entrer, dit-il au valet.

V

UN DRAME AUTOUR D'UN BERCEAU

Sitôt l'ordre donné, un des secrétaires du ministre vint se poster dans l'ouverture.

Mi-prêtre, mi-soldat, il connaissait, au moins de vue, tout le monde de la cour.

Et ce fut sans erreur comme sans hésitation qu'il annonça les visiteurs, les simples hobereaux tout aussi bien que ceux qui portaient les grands noms de l'armorial de France.

Un long défilé commença.

Le dernier courtisan parti, la porte refermée, Richelieu poussa un soupir de soulagement.

Le père Joseph quitta l'embrasure dont il s'était fait un poste d'observation.

D'une voix rauque il demanda :

— Monseigneur, n'avez-vous point remarqué certaines abstentions bien étranges ?

— Dans mon état d'esprit, répliqua Richelieu, j'avais assez à faire à m'occuper des gens qui étaient là...

— Alors, M. de Cinq-Mars ?

— Tiens, au fait, je ne l'ai point vu... fit le cardinal.

Puis, avec un geste d'insouciance et un sourire singulier :

— Mais bast ! un jeune homme est bien excusable... et la naissance du dauphin doit être pour lui un tel événement !...

— Excusez-vous aussi son ami Jacques de Thou ?...

— De Thou ?... murmura-t-il d'un ton qui semblait indiquer fort peu de sympathie.

— Je vous le signale, insista le religieux, comme un de vos pires ennemis !

— Sur quel témoignage vous basez-vous ?...

— Sur le sien... recueilli de mes propres oreilles.

— C'est bon ! Ce jeune homme est jugé !

A cet instant, le cardinal tourna vivement la tête.

Une porte secrète venait de tourner sur ses gonds.

Un homme se montra.

Richelieu reconnut le médecin de la reine.

— Monseigneur, disait-il, il se passe une chose grave.

— Que se passe-t-il ?... Dites !... Parlez !... parlez vite !...

— Monseigneur, tout n'est pas fini... Sa Majesté vient de ressentir des douleurs nouvelles...

— Un second enfant ?

Le médecin pencha la tête en signe d'affirmation.

Richelieu et le moine échangèrent un regard consterné.

La venue d'un dauphin avait, on le sait, toutes raisons de les combler de joie.

Mais d'une double naissance, qu'allait-il résulter ?

Le père Joseph reprit le premier son sang-froid.

— La reine est-elle consciente de son état ?

— Non, mon révérend... Sa Majesté est en syncope...

Alors, le moine posa sa main brutale sur l'épaule du médecin.

Et le regardant bien en face :

— Il faut... vous m'entendez ? « il faut » que cet évanouissement dure assez longtemps pour que la reine ne puisse savoir...

— Impossible, mon révérend !

— Allons donc !

— Je vous jure...

— C'est bien... fit le moine ; nous savons jusqu'où va votre dévouement...

« Et comme on vous en a trop dit...

Un terrible combat se livrait dans la conscience du docteur.

— Mais comment pourrais-je ?... balbutia-t-il enfin.

— Il est des narcotiques...

— Ce serait la mort de l'enfant !

— Sacrifiez-le !

— Un crime ?...

— Non... Raison d'État !

Le cardinal était resté comme étranger à cette scène.

Se rattachant à un dernier espoir, le médecin vint s'incliner devant lui.

— Vos ordres, monseigneur ?...

— Est-ce que les dames de la reine se doutent ?...

— De rien encore, monseigneur...

— Et cette seconde naissance, dans combien de temps, selon vous ?...

— Tout au plus dans une demi-heure...

Richelieu réfléchit un instant.

— Éloignez toutes ces femmes... reprit-il. Vous avez entendu ? Toutes !

« Allez... et faites votre devoir !

Congédié d'un geste impérieux, le médecin s'inclina et sortit.

Tout à coup, Richelieu se dressa :

— Je n'y puis plus tenir... Il faut que je sache...

Et se tournant vers le religieux :

— Joseph, dit-il, attendez-moi ici...

A son tour, il sortit.

Après avoir suivi un long corridor noir, le cardinal s'arrêta.

Il était devant une porte fermée.

Il appuya.

La porte disparut en glissant dans l'épaisseur du mur.

Richelieu n'avait plus qu'à faire un pas pour être chez la reine.

De la niche obscure où il se trouvait, il regarda.

On distinguait une forme blanche étendue sans mouvement sous les courtines de velours.

Courbé, attentif, le médecin était seul auprès d'elle.

Tout à coup, il y eut une lamentation.

Soudain, un cri d'enfant...

Mais un cri si faible que Richelieu n'eût sans doute pu l'entendre, si toutes ses facultés n'avaient été tendues en un fiévreux effort.

Il s'élança vers le médecin.

— Un second fils !... s'écria-t-il.

« Des Dauphins jumeaux !... Non, cela ne se peut... Pour la solidité du trône, la sécurité du pays, cela ne sera point !

« La reine a-t-elle eu conscience ?

— Non, monseigneur... Sa Majesté est toujours en syncope...

— Combien de temps nous reste-t-il ?

— Une vingtaine de minutes, je pense.

Le nouveau-né vagissait faiblement.

— Cet enfant est-il viable ?

— Certes !... Mais pourtant...

— Pourtant ?

— Il ne semble pas de constitution aussi forte que le premier-né...

Richelieu garda le silence pendant quelques instants.

Il se demandait sans doute s'il ne contraindrait pas le médecin à un crime, car en relevant le front il murmura :

— Non... Le sang royal est sacré...

Mais aussitôt, montrant la table, il ordonna :

— Écrivez ce que je vais vous dire !

Le médecin obéit.

Et le cardinal lui dicta :

« J'atteste que ce jourd'hui, 15 septembre 1638, Sa Majesté la Reine a été délivrée par moi de deux enfants du sexe masculin nés à intervalle de deux heures. — en foi de quoi, je signe : LEMARTOIS, premier médecin de Sa Majesté. »

— Bien ! fit Richelieu lorsque le dernier mot eut été tracé.

Il s'empara du papier, le plia et le fit disparaître en une poche de sa soutane.

— Prenez cet enfant, cachez-le sous votre manteau...

Le médecin obéit.

Richelieu lui montra la porte du couloir.

— Vous connaissez ce chemin secret... reprit-il. En le suivant, vous pourrez quitter le château sans être vu... Rentrez chez vous... Attendez-y mes ordres...

Derrière cet homme, Richelieu fit glisser le panneau.

Toute trace disparut.

Alors, il revint vers le lit.

Il se pencha et regarda longuement la reine.

Anne d'Autriche avait les yeux fermés.

Elle semblait incapable de percevoir ce qui se passait dans sa chambre.

Dans le salon voisin, il trouva un groupe de jeunes filles.

C'étaient les demoiselles d'honneur.

Richelieu s'arrêta.

Il venait d'apercevoir Mlle de Lucé.

— Mademoiselle, lui dit-il, d'un ton où semblait percer une affectation de rudesse, ne quittez pas sans un ordre de moi les appartements de la reine.

La jeune fille tressaillit...

Le ministre parlait rudement — mais il s'occupait d'elle...

Tout espoir n'était pas perdu!

VI

COMMENT LA TORTURE PEUT S'APPLIQUER SANS CHEVALET

Le cardinal venait de regagner son cabinet.

Il s'effondra dans un fauteuil.

Des scrupules se levaient au fond de sa conscience.

Et — comme inconsciemment — à voix haute il se demanda:

— Quel est l'aîné?... quel est le vrai dauphin?

Mais Richelieu sursauta tout à coup.

Une voix venait de lui répondre:

— Le trône de France n'a qu'un seul héritier!

Il se retourna.

Le Père Joseph était près de lui.

— Armand, dit-il, n'allez pas faire de sentimentalité niaise... Un de ces enfants est de trop, supprimez-le!

— C'est mon projet.

— Mais de façon définitive...

— Oh! quant à cela, jamais!

Il serait difficile de dire quel était, à ce moment, le plus cruel de ces deux hommes...

L'un voulait sacrifier un nouveau-né à ce qu'il considérait comme l'intérêt suprême: la raison d'Etat.

L'autre s'apitoyait sur l'enfant — parce qu'il était fils de roi...

Mais, en même temps, tout un plan d'une férocité infernale s'échafaudait dans son esprit...

Il frappa sur un timbre.

D'une voix sèche, Richelieu ordonna:

— Allez à l'antichambre de la reine... Et dites à Mlle de Lucé que je l'attends ici...

Diane de Lucé avait vingt ans à peine.

Vaillamment, elle s'était faite la tutrice de son frère, de deux ans plus jeune qu'elle.

C'était pour ce frère, pour assurer son avenir, qu'elle avait accepté des fonctions à la cour.

Nature fière et loyale, Diane supportait difficilement les intrigues au milieu desquelles elle vivait.

C'était pour Raoul de Lucé, son frère, qu'elle se résignait.

Et voilà que le jeune gentilhomme s'était engagé comme un fou dans une conspiration contre le cardinal!

Raoul était perdu...

Sommairement jugé, condamné par ordre, l'échafaud l'attendait...

Et sans cette concordance de la naissance d'un dauphin — dont la jeune fille avait désespérément tiré parti — Diane serait seule au monde, à cette heure...

Seule!... Non.

Il lui restait encore deux affections.

Une sœur de sa mère, la comtesse de Pontvalais.

L'autre affection, toute fraternelle, était pour Cyrano.

Mme de Pontvalais habitait un hôtel de la place Royale.

Diane et le jeune Gascon s'y étaient rencontrés.

Lorsque la jeune fille pénétra dans le cabinet, Richelieu avait repris sa place devant sa table de travail.

Gravement, il étudiait un dossier ouvert devant lui.

Elle s'inclina profondément.

— Monseigneur... murmura la jeune fille.

Richelieu se retourna brusquement.

— Mademoiselle, dit-il avec une douceur affectée qui tout d'abord la rassura, vous avez, je crois, une parente?

— Oui, monseigneur, une tante, Mme de Pontvalais...

— La comtesse vous aime, vous est toute dévouée?

— Lorsque je n'eus plus de mère, c'est elle qui m'en tint lieu.

— S'il vous arrivait un malheur, c'est donc près de Mme de Pontvalais que vous iriez chercher aide et consolation?

— Un malheur? soupira la jeune fille.

Et de grosses larmes roulaient dans ses beaux yeux.

— Le seul malheur qui puisse me frapper à cette heure, Votre Eminence a pouvoir de me l'épargner. Mais si j'en devais être atteinte, ni ma tante ni personne au monde ne m'en consolerait jamais!

— Ne parlons que de vous!

— De moi!...

Et Diane regardait le cardinal avec surprise.

— Si la comtesse vous aime comme son enfant, vous trouveriez sans doute chez elle indulgence et pardon?

— L'indulgence?... le pardon?...

— Oui... pour quelque faute grave...

La jeune fille s'était redressée.

Elle regarda fixement le cardinal.

— Une Lucé, dit-elle, a le respect de son honneur et de son nom!

L'homme rouge eut un sourire étrange.

Il frappa de la main le dossier ouvert.

— C'est donc l'apanage exclusif des femmes, en cette famille... car j'ai là toutes les preuves qu'un Raoul de Lucé a forfait à son honneur et à son nom!

— Grâce, monseigneur!... grâce pour mon frère!...

Mais affectant de nouveau les plus gracieuses manières, le ministre reprit:

— Mademoiselle, n'avez-vous point un fiancé?

Elle ne put que faire de la tête un geste de dénégation.

— Quoi! si belle... Pas même un soupirant?...

La jeune fille renonçait à répondre...

Soudain il changea de ton.

D'une voix rude, il lui demanda:

— Voulez-vous sauver votre frère?

— Oh! monseigneur... S'il ne faut que ma vie en échange de la sienne!...

— Une telle substitution?... Jamais!

Alors il lui mit dans les doigts une plume.

— Ecrivez!

Et penché sur elle il dicta:

« Madame... Longtemps je vous appelai ma mère... Je n'ose plus vous donner ce nom... »

Diane s'arrêta.

Mais plus rudement encore:

— Ecrivez! cria-t-il.

— Cette lettre... Pour qui?...

— Pour votre tante, Mme de Pontvalais.

— Et c'est à elle que je dois dire?

D'un geste impérieux, Richelieu montra le papier.

« Je suis perdue... reprit-il. J'ai commis une impardonnable faute... J'ai un enfant...

Diane se dressa tout à coup.

La plume s'était échappée de sa main.

— C'est faux!... s'écria-t-elle éperdument. C'est un odieux mensonge!

Le cardinal la regarda d'un œil terrible.

— Vous refusez?

— Oh! jamais... jamais je n'écrirai cela!

— Bien!

Sur la table il prit un papier.

— Voyez! dit-il.

— L'ordre d'exécution!...

Mais, à deux reprises, il avait frappé sur son timbre.

La porte s'ouvrit.

Un garde parut.

Richelieu lui tendait déjà l'ordre.

— Non!... non! cria Diane de Lucé.

A demi folle, elle retomba dans le fauteuil.

— Périsse mon honneur!... Mais que Raoul ait la vie sauve!...

Un éclair de triomphe brillait dans les yeux gris du cardinal.

Il reprit:

« J'ai pu cacher ma faute... Mais un hasard peut me trahir... Si grande que soit ma honte, j'espère encore en vous... J'espère en votre indulgence, en votre pitié. Je vous envoie mon fils... Dans votre cœur si bon, si généreux, vous retrouverez pour mon enfant un peu de cette affection dont autrefois je me crus digne... Recueillez-le, aimez-le, par charité pour lui, par pitié pour moi... »

La pauvre Diane était à bout de forces.

Et s'effondrant aux pieds de Richelieu:

— Monseigneur... je vous en conjure... Ayez pitié de moi!... Je suis pure, vous le savez bien!... Ne m'accablez pas à jamais sous cette honte que je ne mérite pas!... Ne me sacrifiez pas à je ne sais quel mystère de votre politique!... Grâce pour mon frère... et grâce pour moi!

Richelieu ne répondit rien.

Depuis un instant, il tendait l'oreille à un bruit du dehors.

— Venez!... dit-il enfin d'un ton farouche.

Diane se releva.

Là-bas, elle venait de voir un cortège...

Entre des soldats un homme marchait, les poignets liés derrière le dos.

— Raoul! criait la malheureuse enfant.

« Le bourreau » râlait Diane de Lucé.

Mais une main l'entraîna.

Elle se retrouva devant la table.

Lorsqu'elle rouvrit les yeux, il lui sembla revoir auprès d'elle le bourreau...

— Résistez-vous toujours?... demandait Richelieu.

Hagarde, échevelée, elle s'écria:

— Non! non! je ne veux pas qu'il meure!

Et sous les lignes qu'elle venait de tracer, elle signa...

La pauvre enfant avait usé toute son énergie dans cette lutte atroce.

Pourtant, en un dernier effort, elle montra l'ordre d'exécution.

Le cardinal le prit.

Et rapidement il écrivit en travers:

« Je fais grâce. »

— Libre! soupira Diane.

— Oh! que non pas... répliqua sèchement Richelieu. J'ai promis la vie sauve, je tiens parole... Quant à la liberté, c'est autre chose...

Et à la grâce il ajouta:

« Qu'on la conduise à la Bastille. »

La jeune fille n'eut pas la force de s'indigner.

Raoul vivait, c'était tout ce qu'elle pouvait attendre de l'heure présente.

Et glissant du fauteuil, la pauvre Diane roula inanimée sur le parquet.

Sans un regard pour sa victime, Richelieu appela:

— Faites venir Mme de Grammont, ordonna-t-il à son valet de chambre.

Quelques minutes plus tard la duchesse arriva.

Sans ménagements et de son ton le plus autoritaire:

— Duchesse, dit-il, rendez-vous sur-le-champ chez Lemartois.

— Le premier médecin de la reine?

— Oui... Vous y trouverez un enfant et le réclamerez en mon nom...

Et comme la duchesse le regardait avec surprise:

— Oh! ne cherchez pas à comprendre... ajouta-t-il sèchement... Je veux être obéi sans hésitation comme sans curiosité.

— Je suis aux ordres de Votre Eminence...

— Parmi les femmes de votre entourage, quelle est celle que vous feriez plus volontiers la dépositaire d'un secret?

— Mme d'Andigny, monseigneur.

— Ce n'est pas tout... Il nous faut une nourrice...

— Rien de plus facile... répondit Mme de Grammont. En prévision de la naissance du dauphin, et dans la crainte que celle choisie se trouvât malade, j'en ai fait venir plusieurs au château...

— Fort bien!

— Et j'ai là une brave et robuste Tourangelle...

— Tout est pour le mieux... Il ne s'agit plus que de s'assurer d'une berline...

— Une berline?

— Oui... car l'enfant doit être transporté hors de Paris... mais je me charge de la voiture... A dix heures, ce soir, elle sera... ainsi que l'escorte... à l'une des portes du château...

— Une escorte?... fit Mme de Grammont.

— Vous vous étonnez trop, duchesse! répliqua Richelieu d'une voix tranchante. Vous oubliez que j'ai dit: point de curiosité!

— Oh! pardon, monseigneur...

— Donc, pour nous résumer... reprit le cardinal, vous prenez l'enfant chez le médecin... vous le faites apporter au château...

— En grand mystère?

— Ame qui vive ne doit se douter!...

— Monseigneur tout sera fait selon vos ordres...

— Attendez, duchesse... Ce n'est pas encore tout...

Et Richelieu se dirigea vers sa table.

Il y prit la lettre de Diane et la plia.

— La lettre est destinée à la comtesse de Pontvalais.

Mme de Grammont disparut.

Le père Joseph avait surgi du coin sombre dont il faisait son refuge ordinaire.

Dressé près du cardinal qui ne le voyait pas, il haussait les épaules avec une dédaigneuse pitié.

On eût pu l'entendre gronder:

— Toujours des demi-mesures!... Absence de décision prend le masque d'habileté... Mais je suis là... Je veille. Et cet enfant n'arrivera pas au château de la comtesse de Pontvalais!...

On sait le reste.

On sait comment l'Eminence grise avait envoyé une bande d'aventuriers pour couper la route à Mme d'Andigny et s'emparer de l'enfant...

VII

UN MYSTÈRE

Chevauchant la monture du capitaine aux gardes, Cyrano galopait dans la direction de Paris.

— Evidemment, se disait-il, pour Saint-Germain meilleur j'aurai chemin et quasi plus direct en passant par Paris... De cette façon, tout se conciliera: le devoir... et l'amour... Le temps d'aller jusqu'à la place Royale pour savoir comment ma chère Diane supporte mon absence...

Derrière lui venait son valet.

On était à la Croix-de-Berny.

Cyrano fut tenté d'y faire une première halte.

Mais le temps était trop précieux.

Héroïquement, le jeune homme donna de l'éperon.

Et l'on brûla l'étape.

A l'aspect d'une nouvelle hôtellerie qui montrait mine avenante sur le bord du chemin, Cyrano n'avait pu résister plus longtemps.

Il mettait pied à terre.

Heurtant du poing le panneau:

— Par la mordiou! ouvriras-tu, maître hôtelier de Belzébuth?...

— Là! là... Point tant de bruit, mon gentilhomme!... fit une voix goguenarde.

Cette voix venait d'en haut.

Notre Gascon leva le nez.

A une lucarne, il vit une tête joufflue, coiffée du légendaire bonnet de rôtisseur.

Exaspéré, Cyrano se prit à rugir:

— Ouvriras-tu, maraud, par les cornes du diable!...

Placidement, l'hôtelier répondit:

— Passez votre chemin, mon gentilhomme... L'auberge est pleine...

— Tu mens!... répliqua Cyrano qui s'était approché d'une fenêtre du rez-de-chaussée. Il n'y a pas un traître chat dans ta cuisine, et j'aperçois une table où fort commodément tu me pourrais servir un pot de vin.

— Quand je vous dis, mon gentilhomme...

— Et moi, je te promets, cuisinier de Satan, que si tu ne m'ouvres de bon gré, je forcerai ta porte!

Mais elle s'ouvrit d'elle-même.

Un gentilhomme de fière prestance se montra sur le seuil.

Cet homme, notre Gascon le voyait pour la première fois.

Mais, dès l'abord, il éprouva tout autre sentiment que de la sympathie.

Ce fut bien autre chose quand il l'eut vu sourire insolemment.

— Cordédiou, monsieur le railleur... fit-il, ne pourrait-on savoir ce qui vous prête à ricaner?...

D'un ton hautain, l'autre lui répondit:

— Je ris quand il me plaît... Et je n'ai point de comptes à rendre... Passez votre chemin, l'ami!

Exaspéré, Cyrano mit la main sur la garde de sa rapière.

— Un ordre?... rugit-il.

— Non, un conseil, tout simplement... Et le meilleur, je crois, que je puis vous donner.

— Je n'accepte pas les avis de pleutre et de bélître qui trouve plaisant de s'amuser à mes dépens!

L'insulte avait porté.

— Puisque vous y tenez, je vais vous révéler ce qui me faisait rire...

— Enfin!...

— Je trouvais fort étrange, poursuivit l'inconnu, et fort injuste aussi, qu'un maître eût pour lui triple étoffe de nez ordinaire, alors que son laquais...

Il montra Jolivet.

C'était par une protubérance nasale extraordinaire que se distinguait le profil du bon Cyrano.

Au contraire, celui du valet présentait à peine un relief.

Malgré son fond de vérité la raillerie n'était sûrement pas du meilleur goût.

Elle prit pour Cyrano les proportions d'une sanglante injure.

— Par la mordiou! Je vais vous apprendre!... fit-il.

En même temps, il fonçait la rapière haute.

Soudain, il s'arrêta dans son élan.

A l'intérieur de la maison, il venait d'apercevoir une élégante silhouette féminine.

Et, à la fois chantante et un peu rauque, une voix disait avec un accent étranger:

— Eh bien! Henri, que faites-vous donc?

Le gentilhomme s'était vivement retourné.

— Je défends l'hôtellerie contre un indiscret... répondit-il.

— Fort bien!... Mais nos amis s'impatientent, et M. de Fontrailles...

— Le temps de châtier ce jeune fou et je vous rejoins...

Sans doute curieuse de voir cet adversaire dont on parlait, la dame s'approcha de la porte.

Elle se trouva en pleine lumière.

Le Gascon en oublia pour un instant l'impertinence du cavalier.

C'est que cette femme était très belle, avec son teint doré, ses lèvres rouges, ses grands yeux sombres sous de lourds bandeaux noirs.

Mais il y avait dans sa beauté plus de force imposante que de charme.

Et Cyrano était plus impressionné que conquis.

La dame l'avait toisé.

Alors, dans une risée où s'égrenaient toutes les perles sonores d'une voix de contralto, elle s'écria:

— Ah! monseigneur! C'est vous qui vous allez commettre avec quelqu'un d'aussi mal... né!

Le coup fut rude pour Cyrano.

De l'arme il salua l'Espagnole.

Et le geste fut fort galant.

Puis, se mettant en garde:

— Quand vous voudrez, monsieur, dit-il.

Au premier battement du fer, Cyrano comprit qu'il avait affaire à forte partie.

Tout d'abord, le Gascon riposta mollement.

L'inconnu s'y trompa.

— A vous! cria-t-il.

Il se fendit.

Mais la rapière de Cyrano était prête.

Et l'épée de son adversaire alla rouler sur le chemin.

Cyrano s'en empara.

— Je la garde... dit-il, en la jetant à Jolivet. Et lorsque je vous la rendrai, ce sera pour une revanche sérieuse... car tout se passera entre hommes, cette fois-là!

Le Gascon, en parlant ainsi, se tournait vers la porte de l'hôtellerie.

Il voulait voir si l'Espagnole continuait à se rire de lui.

Elle avait disparu...

Furieux, les poings serrés, le gentilhomme inconnu s'élançait.

Mais un groupe d'une demi-douzaine de personnages fit brusquement irruption.

Ils accouraient de l'hôtellerie pour s'interposer entre les combattants.

— Henri! criait l'un d'eux, point de nouvelle folie!

Sous des formes diverses, leurs compagnons répétaient les mêmes observations.

Mais ceux-ci parlaient une langue étrangère que Cyrano reconnut pour du pur castillan.

Leur ami voulait résister.

Presque de force, ils l'entraînèrent.

Et le Gascon se trouva seul devant l'auberge avec son fidèle Jolivet.

Mais presque aussitôt il entendit un piétinement de chevaux, un bruit de roues.

Et des carrosses partirent au grand galop.

Dans le dernier, notre Gascon revit son adversaire.

L'Espagnole était assise près de lui.

Et la voiture disparut.

Pour saluer ses voyageurs au départ, l'aubergiste avait dû quitter sa lucarne.

Cyrano l'aperçut.

Il bondit vers lui.

— Ah! toi, tu vas me dire... commença-t-il.

L'hôtelier se méprit sur ce qui allait suivre.

— Mon gentilhomme, interrompit-il avec une vivacité peureuse, tous ces messieurs partis, mon auberge est à vous...

— Assez! Ce que je veux savoir, c'est ce que sont ces gens-là!

— Je ne les connais pas!

« Ou plutôt, je n'en connais qu'un... s'empressa-t-il de rectifier, sur un geste de terrible menace.

— Et c'est?...

— M. de Fontrailles... un marquis...

— Capédédiou! cela ne m'apprend rien... Mais l'homme avec qui je me suis battu?...

— Je ne l'avais jamais vu, je vous le jure!

— Allons! je ne pourrai savoir... gronda Cyrano.

Mais tout à coup, il sursauta.

— Cet homme dit vrai! faisait une voix.

Et le Gascon se trouva en présence d'un personnage tout de gris habillé.

Ce n'était autre chose qu'un laquais.

L'autre le regardait avec de petits yeux malins.

Puis il reprit:

— Notre hôtelier serait fort en peine de vous en dire plus long.

— Mais vous-même?

— Oh! c'est bien différent!

— Alors, parlez!... Dites-moi bien vite!

— Impossible, mon gentilhomme, pour aujourd'hui...

— Au moins, nommez-en un!

— Celui avec qui vous vous êtes battu?

— Oui...

— Vous seriez homme, dit-il, à lui allonger un bon coup d'épée?...

— Je lui ai promis: je tiendrai parole!

— Bon!

Il y avait dans la parole du petit homme quelque chose d'à la fois si net et si insinuant que le Gascon ne s'aperçut même pas qu'il venait de subir une espèce d'interrogatoire.

Et le grison se disait d'un air satisfait:

— Voilà qui conciliera bien des choses... Le Père Joseph sera content de moi...

Puis, se penchant vers le jeune homme:

— Pour revoir ce seigneur, il faut aller à Saint-Germain.

« Je vous donne rendez-vous à la « Croix de Fer »... non loin du château... Demandez-y Perchepin.

— C'est vous?

— C'est moi.

— Et vous me promettez de me faire retrouver l'adversaire qui vient de m'échapper?

— Je vous le promets!

— Me direz-vous aussi le nom de l'Espagnole?

— Rien de plus facile... Mais j'ai un conseil à vous donner...

Puis, reprenant son ton net et précis:

— Résumons-nous... Avant ce soir... La « Croix de Fer »... Perchepin... demandé par le baron de Bergerac...

— Hé! quoi, tu me connaissais donc?

— J'ai ce grand honneur, monsieur Cyrano.

— Par ma foi! je serais curieux...

— Oh! de la part de manant tel que moi, cela a peu d'importance...

Mais le cheval du Gascon s'impatientait.

Il ruait et bondissait sur place aux mains de Jolivet.

Le jeune homme le calma.

Lorqu'il voulut revenir au grison, celui-ci avait disparu.

Le Gascon piqua des deux.

La galopade recommença.

Une demi-heure plus tard, on atteignit Paris.

VIII

QU'IL N'EST PIRE RENCONTRE QUE DES BATARDS

Les cloches de Notre-Dame sonnaient l'Angelus de midi.

Il faisait une chaleur de fournaise dans la vieille rue étroite et tortueuse de la Juiverie-en-la-Cité.

Mais sur un des côtés s'élevait une maison avenante et fleurie.

Elle était entièrement garnie de tables et de bancs.

Une large enseigne surmontait l'entrée de la maison.

On y lisait ces mots en lettres d'or: « A la Pomme de Pin. »

Ce jour-là, pour le dîner de midi, la grande salle était pleine.

Sur les tables fumaient les plats.

A l'une d'elles, quatre personnages d'importance étaient installés.

D'abord, le roi de la maison, l'empereur des Bohèmes, Marc-Antoine de Gérard, sieur de Saint-Amant.

Auprès de lui et, comme lui fort ventru et le visage enluminé était assis son inséparable Nicolas Faret.

Deux compagnons leur faisaient face.

L'un c'était, ainsi que devait dire de lui, par la suite, le prince de Condé!

Cet homme gros et court
Si connu dans l'histoire
Ce grand comte d'Harcourt,
Tout couronné de gloire...

Mais il ne songeait pas encore à devenir le général en chef de l'armée du Piémont.

L'oreille toujours ornée d'une perle et cadet de la maison de Lorraine-Elbeuf, ses amis le désignaient surtout par le sobriquet de Cadet-la-Perle.

Son voisin, c'était le marquis ne Narvèze, spirituel convive et franc-buveur.

A la table la plus proche, plusieurs jeunes hommes se divertissaient fort des propos de leurs aînés.

Soudain, s'adressant à l'un deux:

— Il y a bien trois mois que Cyrano nous a quittés pour s'en aller dans sa Gascogne.

— Trois mois exactement.

— Et vous ne trouvez pas bizarre qu'il reste si longtemps éloigné de Paris, de son ami Le Bret, de Gassendi son maître, et de la « Pomme de Pin »?... Pour moi, je flaire là quelque dangereuse amourette...

— Oh! si ce n'est que cela!... interrompit un des jeunes gens.

— Laisse-moi finir, d'Assoucy...

Et sur un ton presque grave, le rimeur ajouta:

— Je crains que quelque belle fille de par là ne nous enlève notre ami avec approbation de notaire et de curé... Un mariage?

La protestation était unanime.

Lorsque le bruit en fut calmé, Le Bret reprit:

— Pour en revenir à Cyrano, je crois pouvoir vous dire que nous le reverrons bientôt, sans doute.

— Vous aurait-il écrit?

— Non.

— Alors comment le savez-vous?

— Une lettre d'un autre ami de Gascogne, qui me révèle un fait que je n'aurais jamais connu sans lui...

Et Le Bret raconta:

— Vous savez tous combien, à l'encontre de son humeur ordinaire, Cyrano était triste en quittant Paris.

« Un vieil oncle qui l'aimait beaucoup l'appelait près de lui en toute hâte.

« Cyrano avait grande affection pour lui.

« Il brûla les étapes.

« Ce lui fut une triste consolation que de ne pas arriver trop tard...

« Son vieux parent mourut dans ses bras.

« Le lendemain des funérailles, le testament de l'oncle fut ouvert.

« Savinien était désigné comme légataire unique.

« Fort dépourvu d'argent... car son père, nous le savons tous, n'a pas l'escarcelle facile... Savinien donna une preuve de désintéressement que j'admire, pour mon humble part...

« A Bergerac, il avait retrouvé une amie d'enfance, une cousine élevée avec lui.

« La jeune fille était au désespoir...

« Elle aimait un jeune homme qui la voulait pour femme.

« Mais les parents de l'amoureux, riches, avares et têtus, ne voulaient entendre parler de rien.

« Ils n'accepteraient point de bru dotée de moins de cent mille livres.

« Or, la cousine de Savinien n'avait pour dot que sa gentillesse et son amour.

« Cyrano prit vite son parti.

« Il constitua la dot.

« De l'héritage, il ne lui resta pas un écu.

« Mais la petite cousine est mariée, heureuse et de tout son cœur reconnaissante au généreux cousin...

— Le trait est superbe! s'écria Saint-Amant. Mais il ne me surprend point de la part de notre Gascon... C'est un brave cœur!

Puis, levant son énorme gobelet:

— Amis! dit-il, buvons à Cyrano!

Tous les verres se tendirent vers le sien.

Soudain Saint-Amant s'écria:

— Cyrano!...

Tous les regards se tournèrent vers la porte.

Pâle le visage en sueur, les vêtements poudreux, Cyrano faisait son entrée dans le cabaret.

Une acclamation générale salua cette arrivée.

Déjà, Le Bret était auprès de son ami.

Il lui donnait la plus franche et la plus fraternelle accolade.

Et Saint-Amant criait:

— Salut et bienvenue à notre Cyrano!

Le jeune homme serra toutes les mains.

Son épaule le faisait horriblement souffrir.

Les autres avaient regagné leurs tables respectives, pour y reprendre les causeries interrompues par la déclamation de Saint-Amant.

Lorsque Cyrano vit qu'il pouvait parler sans craindre d'oreilles indiscrètes, ses premiers mots furent:

— Je viens de la place Royale... Diane n'y était pas...

Le Bret le regarda.

— Qu'espérais-tu donc? fit-il.

— La voir, pardiou!...

— Tu n'as donc pas reçu la lettre par laquelle je t'apprenais que Mlle de Lucé est à Saint-Germain.

— Non, certes...

— C'est étrange!

— Possible, mais c'est ainsi... Mais puisque ces dames sont à Saint-Germain, je n'ai qu'à m'apprêter à partir au plus vite.

— Ces dames?... Non, la nièce seulement...

— Et la comtesse?

— Elle est à Verrières, en son château...

— Par ma foi, je n'ai songé à parler que de Diane... Mais comment est-elle seule à Saint-Germain?

— Voilà, tout justement, ce que ma lettre t'apprenait.

— Que se passe-t-il donc?

— Mlle de Lucé est attachée au service de la Reine...

— Elle?

— En qualité de demoiselle d'honneur.

— Et depuis quand?

— Depuis bientôt deux mois.

Le Gascon devenait de plus en plus soucieux.

— Diane... à la Cour... grondait-il.

Mais plusieurs gentilshommes venaient d'entrer dans la grande salle.

L'un deux s'était arrêté aux dîneurs les plus rapprochés de la table de Cyrano.

Il déclara:

— J'arrive de Saint-Germain.

— Et que s'y dit-il de nouveau, Lavernat?

— Des choses bouffonnes.

— Comme toujours!

— De graves aussi...

— Contez-nous donc cela!

— On dit... reprit le gentilhomme, on dit que les Espagnols...

Et l'on n'entendait plus qu'un murmure d'où se détachaient par instants certains mots:

— Conspiration... Le cardinal... Les Espagnols... Le frère du roi...

Pour conclure, le gentilhomme reprit tout haut, avec un ricanement:

— Qui voudrait en savoir plus long pourrait s'adresser à Fontrailles...

A ce nom qu'on venait de prononcer, Cyrano avait dressé l'oreille.

Car il lui rappelait l'incident de la Croix-de-Berny.

Mais la conversation bifurquait.

— Il est vrai qu'on dit tant de choses!... continuait Lavernat. N'est-il pas jusqu'à la maternité de la reine qui fasse doute pour nombre de gens?

— Pourtant, nous avons un dauphin...

— Certes! mais on nous dit: « Cherchez la mère! »

Lavernat se pencha sur la table.

— Eh bien, messieurs, si j'en dois croire quelqu'un de très bien informé sur les choses... même secrètes... qui se passent à la cour, pas une goutte de sang royal ne coulerait dans les veines du dauphin...

Des exclamations s'élevèrent.

Mais Lavernat avait hâte de jouir de son définitif triomphe.

— Donc, reprit-il, le dauphin qui nous fut, en grande cérémonie, présenté hier matin, n'est pour Leurs Majestés qu'un enfant d'adoption... Et le futur roi de France devra le trône...

— A qui?... fit une voix impatiente.

— Au cardinal de Richelieu!

— Quoi! le père, ce serait?...

— Oh! moralement... Je n'ai point voulu dire autre chose... Il fallait au ministre un dauphin: il l'a... Il fallait un enfant dans le berceau des enfants de France vide depuis si longtemps, Richelieu l'y a mis.

— Mais le vrai père?

— Une seule personne pourrait vous dire...

— Mais la vraie mère?

— Mlle Diane de Lucé!

Un cri rauque retentit.

Et Lavernat avait à peine fini de prononcer ce nom, que deux mains furieuses venaient s'abattre sur son col...

— Ah! tu vas ravaler ton infâme calomnie!... hurlait Cyrano.

Et ses doigts crispés resserraient leur étreinte.

Le visage du jeune courtisan se convulsait.

Mais soudain l'étreinte des mains furieuses se desserra d'elle-même...

Cyrano était devenu d'une affreuse pâleur...

Il s'effondra tout à coup comme une masse sur le dallage du cabaret.

Et l'on put voir, sur l'étoffe sombre de son pourpoint, deux larges taches sanglantes.

IX

ON S'ÉCHAPPE PAR OU L'ON PEUT

Par la capédédiou!... Où diable suis-je?...

Cyrano venait de rouvrir les yeux.

Il se retrouvait allongé dans un lit.

Il se vit dans une chambre qu'il ne connaissait pas.

Au dehors, il faisait nuit.

Par la vitre d'une lucarne, on voyait le ciel étoilé.

Et de nouveau, le Gascon murmura:

— Où suis-je?...

Il y avait un voile épais sur sa mémoire.

Un long moment, il resta étendu sur le dos, les yeux aux solives du plafond.

Puis tout à coup il se souleva.

— Sangdiou!... Il faudra cependant que je sache si je

dors, si je veille, si je rêve... ou si je suis mort!...

Tout à coup il poussa un cri.

Des larmes de douleur et de rage lui jaillissaient des yeux.

— Diane... murmurait-il. Toi que j'adorais comme la plus belle et la plus pure des créatures humaines... ils t'ont flétrie de leurs accusations... Ils t'ont mise au rang des filles sans honneur, sans pudeur, sans vertu...

Mais il se redressa bientôt.

Il ne songeait plus à ses blessures.

Il ne sentait plus sa souffrance.

Déjà, il avait sauté à bas de son lit.

Et tout en remettant ses vêtements à la hâte, il se disait:

— Elle est à Saint-Germain... Seule au milieu des intrigues et des vilenies de tous ces gens de cour...

« Elle a besoin de moi... J'y vais sur l'heure. Et l'on verra s'il est permis d'effleurer d'un soupçon l'honneur d'une Diane de Lucé!...

A ce moment un bruit se fit entendre.

Bruit significatif qui dénonçait la présence du brave Jolivet endormi.

Le réveil complet se fit assez longtemps attendre.

Mais enfin Jolivet se dressa...

— Vous! s'écria-t-il ébahi. Vous, monsieur Savinien!...

— Hé! sans doute...

— Eveillé!

— Suffit! interrompit Cyrano. En route!

— En route?... on va donc repartir?... gémit le pauvre laquais.

— Sur-le-champ.

— Mais, monsieur, vous n'y songez point... Vos blessures...

— Je n'ai pas le loisir d'y songer!

Déjà le Gascon s'était élancé vers la porte.

Et bientôt il criait son plus formidable juron.

— Fermée... en dehors!... grondait-il avec rage, me voilà prisonnier!... Oh! mais, minute!... Et nous allons bien voir...

Il se mit à heurter le panneau à grands coups de poing et de botte.

Une voix parla de l'autre côté de la porte.

— Serait-ce vous, monsieur Cyrano, qui menez tout ce bruit?

— Eh! oui... C'est moi, par la mordiou!

— Qu'est-ce que vous voulez?

— Ce que je veux?... Pardiou, je veux sortir!

— Impossible...

— Cabaretier de malheur! Prétendrais-tu me séquestrer?

— Je suis bien désolé... mais j'ai donné ma parole à vos amis... Et d'ailleurs, prenez un peu de patience... Ils doivent revenir bientôt...

— Ah! ils ont dit qu'ils reviendraient?

— Oui... Et je suis sûr qu'avant une demi-heure...

— Alors je me résigne... Au moins, eux, ils me comprendront...

— Oh! cela m'étonnerait!

— Je me rends... reprenait le Gascon.

Et déjà le valet jetait sur son coffre un regard d'homme ravi de ne pas le quitter.

Mais Cyrano revenait lentement au milieu de la chambre.

Tout en marchant il murmurait:

— Le Bret et Gassendi... Je crains leur amicale sollicitude...

— Puis, avec un geste de décision:

— Bah! une fois la porte ouverte pour eux, je saurai bien profiter d'un moment...

Mais il s'interrompit:

— Non... Ce ne serait digne ni d'eux, ni de moi... Evasion pour évasion, une autre vaudrait mieux... Mais laquelle?... Ah! il y a une lucarne...

Il y courut, l'ouvrit, se pencha.

Des toits, rien que des toits...

Cyrano se disait:

— L'essentiel est de me tirer de cette chambre... Par les toits, j'arriverai bien à quelque fenêtre donnant sur un escalier... Une fois là, sauvé... Je gagne la rue...

Tout à coup, Jolivet poussa un cri de terreur.

Son maître avait disparu...

Mais à ce même instant, le visage du Gascon reparut dans l'encadrement.

Et Cyrano disait:

— Viens, Jolivet!

Le brave garçon se sentit flageoler sur ses jambes.

Lui... sur les toits... la nuit...

Mais Cyrano lui répétait d'une voix impérieuse:

— Eh bien! faquin... Ne vois-tu pas que je t'attends...

La mort dans l'âme, le valet s'avança.

Derrière lui le toit s'élevait en pente douce.

Mais en avant, un large puits d'ombre s'ouvrait.

C'était la cour de l'hôtellerie.

— Oh! mon maître... gémissait-il, jamais je ne pourrai vous suivre... Au premier pas que je vais faire, je vais me laisser choir... Je le sens, j'en suis sûr...

— Prends ma main, animal... Je m'en vais te conduire...

Le malheureux geignait d'une façon navrante.

A chaque pas qu'il faisait, il poussait un cri de frayeur.

Ses pieds maladroits glissaient sur des tuiles.

Enfin, après bien des faux pas et des exclamations d'angoisses, il se retrouva accroupi au bord d'un chêneau.

— Sangdiou! jurait Cyrano, ce n'est point encore de ce côté-là que nous aurons issue...

Puis, avec décision:

— Bah! tentons la chance par ailleurs!

Il venait d'aviser une lucarne.

Elle était ouverte.

— Entrons là-dedans... reprit-il.

Et s'y étant engagé le premier, il attira Jolivet à sa suite.

Ils se trouvaient dans une sorte de galetas.

Et sur le seuil un étrange personnage se montrait.

Il était vêtu d'une longue houppelande.

Sous un bonnet de forme ancienne, tirebouchonnaient des cheveux crasseux.

Son visage maigre et jaune s'allongeait d'une barbe pointue.

Et des lunettes à lourde monture surmontaient un long nez crochu.

— Un juif... murmura Jolivet.

Mais le bonhomme courait avec des gestes éperdus vers la porte donnant sur la rue.

Et d'une voix glapissante, il criait:

— Au voleur!... au voleur!...

Déjà il avait mis la main sur la serrure...

Mais une voix vibrante ordonnait:

— Tais-toi, par la sangdiou!... Ou je t'étrangle comme un chien!...

— Alors... se risqua-t-il à demander, qu'attendez-vous de moi?

— Que tu nous montres le chemin de la rue...

— Et c'est tout? Oh! avec le plus grand plaisir!

Il y avait dans cette exclamation une telle sincérité d'accent que le Gascon se mit à rire.

— Eh bien! allons!... répliqua-t-il gaîment.

Mais au lieu de suivre le juif qui déjà s'élançait, il resta immobile.

Dans une sorte d'embrasure claire, il avait aperçu un autre personnage.

— Oh! oh! grogna Cyrano, que veut cet olibrius?

L'intrus avait feutre en tête et portait rapière.

Mais il n'en faisait pas, à vrai dire, plus riche mine pour cela.

Cyrano le vit mettre la main sur la garde de son épée.

Et d'instinct il tira sa rapière à demi.

L'autre l'imita, — et l'imita si bien que le jeune homme partit d'un franc éclat de rire.

— Hé! quoi... s'écria-t-il, voilà que je deviens aussi stupide que Jolivet... J'ai des visions!... Je m'en vais me chercher querelle à moi-même!... Ah! par la mordiou, c'est trop fort!...

Notre Gascon venait de constater qu'il s'était laissé prendre à une illusion d'optique.

L'embrasure claire où l'intrus lui était apparu n'était pas autre chose qu'un de ces grands miroirs où l'on se voit en pied, comme toujours il en exista chez les marchands d'habits.

— N'importe! L'impression que je me suis produite me doit être utile enseignement... Impossible de me montrer dans un château royal en pareil équipage... La valetaille de tous grades m'y ferait peu galant accueil... Il faut aviser...

Par un bouton de la houppelande, il attira le fripier.

Et le plus tranquillement du monde:

— Bonhomme, dit-il, n'aurais-tu pas dans quelque armoire un ajustement d'homme de cour?

— Si fait! s'écria le fripier.

Et soulevant le couvercle d'une boîte posée dans un coin, il en tira un justaucorps de la meilleure façon.

Notre Gascon s'en empara.

— A la bonne heure!... murmura-t-il avec satisfaction. Je puis maintenant me présenter partout...

Puis, se tournant vers le juif:

— Combien, compère, tout ce costume?

— Mon gentilhomme, c'est trois cents livres.

— Donc, reprit Cyrano, je te dois trois cents livres...

Mais voyant sur le visage ridé du juif une grimace de désappointement, il s'empressa d'ajouter:

— Sans compter, pour l'intérêt de ton argent, vingt beaux lingots lorsque je reviendrai de mon pays lunaire...

— Vingt beaux lingots?

— D'or pur...

— A vingt-quatre carats?

— Il n'en est point d'autres chez nous...

— Oh! votre Seigneurie!... s'écria le juif avec élan.

Et cinq minutes après, le maître et le valet franchissaient joyeusement le seuil.

X

PRIS AU PIÈGE

Cyrano était sorti tout ragaillardi de chez Nephtali Zabulon — tel était le nom du juif.

Galamment équipé, il ne connaissait plus d'obstacles.

Et ses blessures ne le faisant presque plus souffrir, il se sentait la force de tout affronter.

Pendant quelques instants, il marcha en silence.

Mais lorsqu'il eut tourné la ruelle où demeurait le juif, il s'écria:

— Et maintenant, en route pour Saint-Germain!

Et marchant rapidement dans la direction de la Seine:

— Je connais, au pont Notre-Dame, un loueur où nous trouverons deux bons chevaux...

Cyrano s'arrêta devant une maison qui avait une tête de cheval pour enseigne.

Le jeune homme heurta vigoureusement.

— Qui va là?... demanda une voix d'homme.

— Deux voyageurs.

— Que voulez-vous?

— Des chevaux.

— Je n'en ai plus.

— Alors, toutes les bêtes?

— Louées.

— Mordiou! c'est jouer de malheur! s'écria Cyrano.

Puis se ravisant aussitôt:

— Viens, Jolivet... Nous trouverons notre affaire proche la Croix du Trahoir...

Déjà, il se préparait à partir.

— Mon gentilhomme, reprit la voix qui venait de l'étage, je pense que vous perdrez vos pas...

— Comment cela?

— On vous fera là-bas la même réponse.

— Alors j'irai ailleurs...

— Ce sera tout pareil.

— Par la capédédiou! Voudrais-tu me faire croire qu'il n'est plus de chevaux dans Paris?

— Oh! ma foi, guère... Ils sont tous à Saint-Germain...

— A Saint-Germain?

— Hé! oui... Pour la grande fête de nuit donnée en l'honneur du dauphin...

D'une voix conciliante, le loueur hasarda:

— Mon gentilhomme, si vous vouliez attendre... Peut-être bien qu'au petit jour...

— Sangdiou! c'est sur l'heure que je veux partir!

A la fin cependant, il en prit son parti.

— Soit... dit-il, j'attendrai...

Quelques heures plus tard, le maître et le valet gravissaient à cheval la rampe qui, de la Seine, monte à Saint-Germain.

Les deux hommes étaient seuls sur le chemin.

Soudain, à un tournant situé quelque cent pas plus haut apparut un piéton.

Mais il s'arrêta brusquement.

Il avait aperçu les deux cavaliers.

Un court moment, il resta immobile au milieu de la chaussée.

La main en abat-jour au-dessus de ses yeux, il semblait vouloir distinguer les gens qui venaient là.

Jolivet remarqua qu'il était entièrement vêtu de couleur grise.

Puis, tout à coup, il vit le personnage faire un bond de côté.

— Que veut dire ce manège? se demanda le compagnon de Cyrano...

Mais il s'était posé la question à voix haute.

— A qui donc en as-tu? fit alors le Gascon.

— Là-bas... Voyez, mon maître...

Cyrano suivit la direction du bras de son valet.

Il ne vit rien.

L'homme gris avait lestement disparu dans un taillis qui bordait la route.

— Encore quelque vision... reprit notre héros...

Et le jeune homme retomba dans sa rêverie.

Son compagnon jugea prudent de ne pas ajouter un mot.

Mais il n'était pas convaincu.

Lorsqu'il passa près du taillis où il avait vu l'étrange personnage disparaître, il sonda les branches du regard.

Rien...

Jolivet se sentit plus tranquille.

Et cependant une arrière-pensée lui restait...

Mais on était arrivé en haut de la montée.

Les deux hommes longeaient à présent les terrasses du château.

Cyrano se redressa.

Et donnant de l'éperon, il partit au galop.

Jolivet n'eût pas demandé mieux que de prendre la même allure.

Mais il lui fallait compter avec le bon vouloir de son cheval.

Or, cette bête petite et dodue était d'un naturel tranquille.

Rien ne lui déplaisait autant que la rapidité du train.

Et son cavalier eut beau tour à tour lui talonner les côtes et le prendre par la douceur, l'animal ne s'y montra pas plus sensible que n'eût fait un cheval de bois.

Si bien que Jolivet dut se résigner à finir au pas son voyage.

Quelques instants plus tard, il longeait une façade latérale du château.

Soudain, il vit s'ouvrir une porte basse.

Il en sortit une douzaine d'hommes en armes ressemblant plus à des gens de police qu'à des soldats.

Dans l'ombre se distinguait une silhouette grise.

C'était celle d'un individu qui semblait faire des recommandations au chef du détachement.

— Oh! oh!... murmura Jolivet.

Car il croyait bien reconnaître, à la tournure et la couleur, ce même personnage aperçu déjà sur le chemin.

Mais brusquement la porte se ferma.

Et la bande armée partit dans la direction de la ville.

Pour savoir ce qui se passait, il nous faut rejoindre Cyrano.

Distançant son laquais, le jeune homme était arrivé en un temps de galop devant la grille monumentale.

Cette grille donnait accès dans la cour d'honneur du château.

Un hallebardier s'y tenait en sentinelle.

Notre Gascon ne s'en occupa point.

Mettant son cheval au pas, il voulut pénétrer.

— Halte là! cria le soldat.

Et mettant sa hallebarde en travers, il barrait résolument l'entrée.

— Arrière, maraud! lui cria Cyrano.

— On n'entre pas! répondit l'autre.

— Allons donc!

Et tout en lançant cette exclamation, le jeune homme allongeait le bras.

Empoignant un peu au-dessous du fer le manche de la hallebarde, il fit rudement pivoter l'homme qui la portait.

L'arme et le factionnaire allèrent de compagnie rouler sur le pavé.

Mais l'homme s'était relevé.

Furieusement, il criait:

— Aux armes!

Et du corps de garde sortaient d'autres soldats.

Sans s'inquiéter de rien, le Gascon avait gagné l'autre extrémité de la cour.

La grande porte était fermée à deux battants.

Mais un suisse de majestueuse prestance se tenait accoté à l'un des pilastres.

Et Cyrano lui dit:

— Qu'on m'annonce à l'instant chez Mlle Diane de Lucé.

— Impossible, mon gentilhomme, lui répondit le suisse avec le plus beau calme.

— Impossible?... Et pourquoi cela?

— Mlle de Lucé habite les appartements de la reine...

— Eh bien?

— A pareille heure, nul n'y peut pénétrer...

Le jeune homme comprit qu'il se heurtait à une impossibilité.

Il n'y avait donc qu'à attendre.

Malgré tout, Cyrano ne se résignait pas aisément.

Il cherchait dans sa tête quelque autre moyen de pénétrer dans le château.

Mais le corps de garde au complet arrivait au pas de course.

En entendant ce bruit de pas précipités, notre Gascon se retourna.

Il comprit tout.

On allait lui faire payer la violence faite à la sentinelle.

— Oh! oh!... grommela-t-il, je crois que j'ai eu tort... Et voilà qui pourrait contrarier tous mes plans...

Mais avec sa présence d'esprit ordinaire, il eut vite fait de prendre un parti.

— Tirons-nous d'ici... se dit-il encore. Pour y rentrer, nous aviserons...

Les soldats arrivaient sur lui, hallebardes croisées.

Cyrano fit faire volte-face à son cheval.

Il sentit que — par chance pour une bête de louage — l'animal rendait bien à la main.

Alors, il tira sa rapière et fit mine de foncer sur le centre des assaillants.

— En cercle! commanda le chef de poste.

Déjà la manœuvre commençait à s'effectuer.

C'était tout ce que demandait le jeune homme.

Cette concentration des soldats lui laisserait plus de champ pour s'enfuir.

— Hardi! mes braves... Nous le tenons!... reprenait le chef

Bientôt, en effet, les deux extrémités du rang de hallebardiers se refermaient sur le Gascon.
Cyrano allait être bloqué.
Mais il fit faire à son cheval deux ou trois sauts en arrière.
Et lui enfonçant les éperons dans les flancs, il s'élança vers la grille à fond de train.
D'un même mouvement, tous les soldats se retournèrent.
Mais il leur avait fallu le temps de relever les hallebardes, afin de ne pas s'en blesser mutuellement.
Ce peu de temps avait suffi.
Lorsque leurs yeux se portèrent vers la grille, Cyrano avait disparu...
Au moment où le jeune homme débouchait sur la place qui s'étendait devant le château, il aperçut son laquais.
Jolivet arrivait au pas de sa trop paisible monture.
— Alerte!... lui cria le Gascon.
En même temps, il appliquait rudement sur l'arrière-train du cheval le plat de sa rapière.
Durant quelques minutes, les fugitifs menèrent un train d'enfer.
A tout instant, Cyrano se retournait sur sa selle.
Il eut enfin la certitude de ne pas être poursuivi.
— Halte! cria-t-il.
Et il arrêta sa monture.
Le cheval de Jolivet s'arrêta du même coup.
On était au milieu d'une place où d'ordinaire se tenait le marché.
Sur l'un des côtés de la place, il y avait une hôtellerie.
Elle avait pour enseigne: « A la Croix de Fer ».
— Ah! pardiou!... fit notre Gascon, voilà qui peut s'appeler de la chance...
« Viens, Jolivet!
« Je suis fort en retard au rendez-vous de Perchepin... N'importe! je vais demander le grison... On saura bien me le trouver... En outre du nom qu'il me doit révéler, j'ai idée que le malin compère saura m'aider à rentrer au château.
Arrivé devant l'hôtellerie, il sauta à bas de son cheval.
Le laquais l'imita.
Jolivet se mit en devoir d'attacher les chevaux à des anneaux scellés dans la muraille.
Pendant ce temps, Cyrano montait les quelques marches du perron.
Déjà il posait la main sur le loquet.
Mais la porte s'ouvrit d'elle-même.
Et le jeune homme avait à peine franchi le seuil, qu'elle se refermait brusquement.
Puis, tout à coup, à l'intérieur de la maison ce fut un grand tumulte.
Jolivet s'était redressé avec effarement.
Il entendit la voix de son maître éclatant en menaces et en imprécations.
Le brave garçon n'hésita pas.
Il s'élança à son tour vers la porte.
De toutes ses forces, il la secoua.
Elle résistait.
On l'avait fermée en dedans.
De l'autre côté redoublait le vacarme.
C'étaient des cliquetis de fer, des cris et des bruits sourds de meubles renversés.
Le compagnon de Cyrano se demandait:
— Que faire?...
Trépignant, s'arrachant les cheveux, le pauvre diable concluait:
— Hélas! dans une pareille bagarre, je ne suis bon à rien.
Mais il avisa soudain une porte qui donnait sur la cour de l'auberge.
— Par là... murmura-t-il. Si je ne peux agir, tout au moins je pourrai savoir...
Il se glissa le long de la muraille.
Et le malheureux resta pétrifié par le spectacle qu'il avait sous les yeux.
Son maître était tombé dans un traquenard infâme.
Lorsqu'il avait mis pied à terre devant l'auberge, une douzaine d'hommes se tenaient aux aguets.
Et à l'instant où Cyrano pénétrait dans la salle, ils avaient tous, au commandement, bondi sur lui.
Tout d'abord, le Gascon s'était senti paralysé par les étreintes de la meute enragée.
Mais il avait vite retrouvé dans son indomptable énergie la vigueur d'un suprême effort.
Comme un sanglier harcelé par les chiens, il avait donné à ses assaillants une formidable secousse.
Mais à la fin, cerné de toutes parts, maintenu par une vingtaine de mains brutales, Cyrano dut s'avouer vaincu.
Il avait les poings liés, des entraves aux jambes.
Écumant, furieux, réduit à l'impuissance, il ne pouvait plus exhaler sa rage que par des cris...
Mais la porte de l'hôtellerie s'était ouverte.
Et les policiers s'en allaient triomphants avec leur prisonnier.
Le compagnon de Cyrano se demandait:
— Où vont-ils le conduire?
Alors, il quitta sa cachette et regagna la cour.
Une nouvelle réflexion lui vint:
— Je suis pris, moi aussi, si je me montre sur la place...
« Comment les suivre sans être vu?... se demanda-t-il.
Sa perplexité ne fut pas de longue durée.
Le passage de la bande excitait la curiosité des gens de Saint-Germain.
Des commères sortaient sur leurs portes.
D'un regard navré, le brave garçon suivait son maître.
Soudain, malgré les poings qui le maintenaient, il le vit se retourner.
Le jeune homme cherchait quelqu'un parmi la foule.
Mais Jolivet n'osa bouger.
Et tristement il murmurait:
— Oh! il croit que je l'abandonne!... Il me traite de lâche et d'ingrat après m'avoir connu trembleur et poltron...
Puis, avec un accès d'énergie:
— Vous vous trompez, mon maître... reprit-il mentalement. Et bientôt, je vous le prouverai.
A ce moment, la porte basse se refermait sur l'escorte et le prisonnier.

XI

QU'IL EST BON DE SAVOIR UN PEU DE TOUT

Par prudence, Jolivet avait suivi la foule.
Il prit le large.
— Comment faire, se demandait-il, pour lui venir en aide?
— Mlle de Lucé!... Elle seule peut le tirer de là... Comment n'ai-je pas songé plus tôt?... Il faut que je la voie, que je lui parle, que je la prie d'intercéder près de la reine pour obtenir la liberté de M. Savinien...
Tout à coup, il eut un sursaut.
Une lourde main s'était posée sur son épaule.
Il sentit ses jambes flageoler sous lui.
Un long frisson courut le long de son échine.
Et le malheureux bégayait:
— Je suis pris... On va me mener en prison...
Mais une grosse voix se faisait entendre:
— Oh! là, Jolivet!
Il se retourna.
— Jolivet?... Je ne sais ce que vous voulez dire.
— Eh! quoi... tu n'es pas Jolivet?
— Quand je vous dis...
— Né natif de Saint-Couze, près de Bergerac?
Au lieu de répondre, Jolivet se décida à examiner son interlocuteur.
Il se vit en présence d'un gros garçon à mine réjouie.
De plus, l'homme était habillé de blanc des pieds à la tête.
— Un maître-queux... murmura Jolivet.
Et peu à peu ses souvenirs se fixaient.
Il reconnut enfin un ami d'autrefois, enfant comme lui du pays gascon.
— Alors, fit le laquais, vous êtes bien sûr que je m'appelle Jolivet?
— Certes... Et plus je te regarde...
— Vous finirez par me le faire croire!
Et les deux mains tendues, Jolivet s'écria:
— Eh! bonjour, Cambournac!
L'autre poussa une exclamation de triomphe.
— Embrassons-nous donc, Jolivet!
Cependant, Cambournac lui demandait:
— D'où viens-tu donc ainsi?
— Tout droit de Bergerac.
— Et tu vas?
— Nulle part...
— Que fais-tu?
— Rien... Je cherche.
— Quoi?
— Une condition.
— On tâchera de te trouver ça!
Puis, avec une nuance d'embarras, le cuisinier reprit:
— Une question encore, Jolivet...
— Parle.
— Tu ne te fâcheras pas?
— Non.
— As-tu quelque argent?
Jolivet retourna ses poches en disant:
— Je donne à plus pauvre que moi tout ce qui en tombera.
— Rien!... fit tristement Cambournac.
— Pas un patard!
A son tour, le cuisinier enfonçait une main dans sa poche.

Mais c'était pour en ramener une bourse d'une certaine rotondité.
Et lâchant les cordons:
— Partageons... se borna-t-il à dire.
L'offre était faite avec tant de cœur et de simplicité que Jolivet en fut ému.
— Ah! Cambournac, s'écria-t-il, tu es un brave ami!
Lorsqu'il eut reçu une bonne demi-douzaine d'écus accompagnés de quelques pièces de cuivre, Jolivet reprit:
— Maintenant, camarade, si nous parlions de toi?
— Je veux bien.
— Quelle est ta position?
— Tu le vois... répondit Cambournac en montrant son costume.
— Oui, mais ton maître?
Cambournac se campa fièrement.
Une main dans son plastron et soulevant de l'autre son bonnet:
— Sa Majesté Louis le treizième... fit-il. Oui, Jolivet.
Le brave garçon resta un moment ahuri.
Mais cela ne dura pas.
— Cambournac, reprit-il aussitôt, n'aurais-tu pas besoin d'un marmiton?
— Tu penses, Jolivet!
— Que dirais-tu, ami, si je m'offrais?...
Le brave cuisinier écarquilla les yeux.
Et prenant un air d'importance:
— Y songes-tu?... Dans les cuisines du roi!
— Pourquoi pas?
Jolivet posa la main sur le bras de son ami.
— Tu connais les « Trois-Charlots »? lui demanda-t-il en le regardant bien en face.
— Pardiou! L'auberge de ton père...
— Tu sais si la cuisine qu'on y faisait de ton temps avait de la réputation dans le pays.
— C'est vrai.
— Eh bien, camarade, depuis ton départ, cette réputation n'a fait que grandir.
— Vraiment?
— Et grâce à qui?... Grâce à moi: je peux le dire sans vanité.
Cambournac était ébranlé à demi.
— Là-bas, j'étais chef... Ici, qu'est-ce que je serai? Une simple recrue sous les ordres d'un général tel que toi...
Flatté, Cambournac reprit:
— Tu as raison... Viens camarade...
Et Jolivet pénétra derrière lui dans les cuisines royales.
Il se disait, ravi de son succès:
— Maintenant que je suis dans la place, il s'agit d'être habile et de bien manœuvrer.
Il se trouva dans un cercle formé par ses nouveaux collègues.
D'un air de souveraine autorité, Cambournac le leur présenta.
Puis, comme un général d'armée qui veut électriser ses troupes pour un assaut:
— Messieurs, proclama-t-il, il nous faut préparer pour le roi le dîner de midi... Les minutes sont précieuses... Nous ne sommes pas en nombre... Honte sur les déserteurs!... Serrons nos rangs!... Et à l'ouvrage!... Sauvons l'honneur des cuisines de Sa Majesté!
Chacun regagna son poste de combat.
Celui de Jolivet était des plus humbles.
On l'avait préposé au lavage des porcelaines et des cristaux.
Il barbottait consciencieusement, ses manches relevées jusque par-dessus les épaules.
Il eut bien vite acquis la conviction que les absents n'avaient pas seuls veillé et festoyé la nuit précédente.
Car il ne voyait là que des gens somnolents.
Sur un dressoir il venait d'aligner les cristaux et les porcelaines dont le lavage avait constitué son travail de début.
Alors, il se tourna vers son collègue le plus proche.
C'était un marmiton chargé de la vaisselle d'argent.
Affaissé sur un escabeau, il frottait un plat d'une main molle.
Soudain, tout mouvement cessa.
Les yeux se fermèrent.
Les mains s'ouvrirent.
Le plat d'argent tombait...
Il ne roula pas jusqu'à terre.
Jolivet l'avait attrapé au vol.
Et avec un rire malicieux, il s'attelait à la besogne du camarade.
Bientôt les pièces de vaisselle plate étincelèrent sur des consoles, dans un ordre parfait.
Le marmiton dormait toujours.
Mais il se dressa tout à coup.
Une main rude l'avait empoigné par le dos de sa veste.
Un vigoureux coup de pied venait de lui faire faire un énorme bond en avant.
Et Cambournac tonitruait, avec des airs d'ange exterminateur:
— Va-t'en, drôle!... Disparais, fainéant!... Tu nous déshonores!... Je te chasse des cuisines du roi!
Puis, revenant à son compatriote:
— Merci, Jolivet!... merci!... lui dit-il d'un accent pénétré.
Rien n'échappait à l'œil du nouveau marmiton.
Or, il se passait à ce même instant quelque chose d'anormal, d'effrayant, de terrible...
A quelques pas de Jolivet, une vaste cheminée flambait.
Au-dessus de la flamme, il y avait une broche.
Et cette broche traversait un superbe dindon.
Mais la pièce de volaille restait immobile...
Jolivet ne fit qu'un bond.
Et retirant la broche:
— Il était temps!... s'écria-t-il.
Cambournac avait suivi les rapides péripéties de ce drame.
— Une seconde de plus, tout était perdu!... dit-il alors, avec un gros soupir de soulagement. Ah! Jolivet, que de reconnaissance!
A ce moment, un gentilhomme en grand costume de cour entrait dans les cuisines.
— C'est le grand-maître des officiers de bouche... lui souffla Cambournac.
Le nouveau venu s'avançait d'un air majestueux.
— Eh bien! tout est-il prêt? demanda-t-il sèchement.
— Pas encore, monsieur... balbutia le cuisinier.
— Par la sambleu!... Que signifie?...
— Mais nous le serons, mon gentilhomme!... nous le serons! affirma Jolivet. Il nous reste encore presque une heure...
Voyant son camarade si décontenancé, le brave garçon avait jugé utile d'intervenir.
Il le regretta.
L'officier s'était tourné vers lui.
— Qu'est-ce donc que cet homme-là?
— Un cuisinier... répondit Cambournac en tremblant.
— Eh! je le vois du reste! Mais d'où sort-il?
— Le temps pressait, monsieur... Et j'ai cru devoir l'engager...
— Vous avez eu tort! On n'admet point ainsi le premier venu dans les cuisines du roi!
— Mais c'est un artiste, monsieur!... Un maître-queux de premier ordre!
— Artiste ou non, cela m'importe peu!... Je ne veux point ici de nouvelles figures... Le dîner servi, vous me congédierez cet individu!
Lorsqu'il eut disparu, les deux amis se regardèrent d'un air navré.
— Pauvre Jolivet!... murmurait le chef de cuisine.
Quant au laquais de Cyrano, il pensait tristement:
— Je ne pourrai rien pour mon maître...
Mais presque aussitôt il se redressa.
— Cambournac, tu as entendu?
— Quoi?
— Le roi veut faire honneur à ton dîner...
— Qu'y vois-tu à redire?
— Ton menu est bien... massif!
« Que dirais-tu d'un joli ris de veau dans un fin coulis d'écrevisses?...
— Superbe! Mais nous n'aurons jamais le temps...
— Si!... J'en fais mon affaire!... Mais ce n'est pas tout...
— Vraiment?
— Ces carpes que je vois là...
— Les cuire?... A cette heure?... Y penses-tu?
— Non... Mais tu vas en tirer les laitances...
— Et après?
— Je te les accommoderai aux truffes... Et notre souverain s'en lèchera les doigts, je ne te dis que ça...
Joignant les mains avec admiration, Cambournac s'écria:
— Oh! Jolivet, tu as le génie de la cuisine!
Mais l'ami continuait:
— Le roi aime-t-il les sucreries?
— Hé! hé!
— C'est bon, je vais lui préparer une pièce de ma façon!
Aussitôt dit, le compagnon de Cyrano se mit à l'œuvre.
Prestement, sans un geste inutile, il allait, goûtant par-ci, assaisonnant par-là.
Soudain, on entendit un coup de cloche.
Le grand-maître des officiers de bouche faisait justement sa rentrée.
Il tomba en arrêt.
Une pièce montée se dressait sur un plat de vermeil.
C'était un engageant échafaudage de fines pâtisseries, orné d'arabesques friandes, de bonbons et de fruits confits.
— Eh! quoi, Cambournac, vous ne m'aviez point dit!... fit le gentilhomme après avoir admiré l'œuvre d'art.
— C'est que je ne savais moi-même...
— Vous plaisantez?
— Oh! je n'oserais...
Et montrant Jolivet:
— Voici l'auteur de cette superbe pièce.
— Mais c'est un artiste que ce garçon-là!
— Monsieur, j'ai déjà eu l'honneur de vous le dire...
Jolivet s'inclinait modestement.
Mais son cœur nageait dans la joie.
— Cambournac, disait l'officier, il est temps de commencer votre service auprès du roi...

— Pardonnez-moi, monsieur... commença timidement le brave homme en montrant son ami, mais je crois, pour aujourd'hui, il serait plus juste...
— Achevez!
— Que celui qui eut toute la peine...
— En eût l'honneur?
— Oui.
— Soit!
Et se tournant vers Jolivet:
— Suivez-moi, l'ami!
Le costume blanc du marmiton disparut rapidement sous une livrée dorée spéciale au service d'honneur pour lequel on le désignait.
Et tout en se chargeant du premier plat, Jolivet demanda:
— Alors, mon gentilhomme, ce que vous disiez tout à l'heure?...
— Quoi donc?
— Vous savez bien... « Aussitôt le dîner servi, à la porte! »
— N'en parlons plus, mon brave... Vous faites maintenant partie du service de Sa Majesté.
Et les deux hommes se dirigèrent vers les appartements royaux.

XII

LA ROCHE TARPÉIENNE EST PRÈS DU CAPITOLE

Depuis que la reine était accouchée, le roi venait au moins une fois chaque jour prendre son repas dans sa chambre, au milieu des dames d'honneur et entouré lui-même de la plus haute gentilhommerie française, trop heureuse de ce métier de figurants.
La reine était accotée à de hauts oreillers et se tenait presque assise, perdue dans des flots de dentelles blanches qui faisaient ressortir les couleurs de son teint déjà revenu.
Dans la ruelle, se tenaient immobiles, autour de Mme de Grammont, les jeunes et jolies femmes qui formaient son service particulier et qui s'efforçaient de rester impassibles, la moindre parole ou le moindre geste leur étant strictement interdit.
Deux pages étaient venus se placer, comme des sentinelles de chaque côté.
Une voix avait prononcé les mots sacramentels:
— Le roi!
Et Louis XIII était entré, de son pas lent et fatigué, vêtu de satin noir, le feutre au front.
Il s'arrêta un instant sur le seuil, se découvrit, marcha vers le lit de la reine qui lui tendit sa main blanche et longue.
Le roi s'inclina et y mit légèrement un baiser.
Soudain, cependant, et comme le repas tirait à sa fin, Louis XIII eut comme une sorte de tressaillement.
— A côté du plus important des officiers de bouche — celui qu'on eût pu appeler le grand-maître des desserts et dont les aïeux avaient été aux croisades — Jolivet, sérieux, d'une prestance parfaitement noble, présentait un véritable monument, tenant à la fois du byzantin et du gothique: pistaches, angéliques aux teintes d'émeraude, quartiers d'oranges rutilants, gouttelettes de confitures d'un rose exquis...
Et au moment où l'officier allait le prendre pour le déposer devant le roi, celui-ci tout à coup s'était retourné, et d'un geste avait immobilisé les assistants.
Tandis que, du fond de l'alcôve, la voix de la reine s'écriait:
— Quel magnifique chef-d'œuvre!
A cet instant, le cardinal, qui attendait généralement la fin du repas pour venir présenter ses hommages au souverain, entrait à son tour dans la chambre.
Louis XIII l'appela d'un signe.
Sans prononcer un mot, le roi lui désignait la pièce montée, que Jolivet portait toujours à bout de bras, aussi ferme qu'une cariatide.
Le cardinal suivit des yeux l'indication donnée par son maître, il dit en s'inclinant devant Louis XIII:
— Une véritable merveille, Sire!
— Et dont je vous prie de prendre votre part à table... fit le roi, dont le visage, contrairement à son habitude, s'était éclairé d'un sourire.
Puis, Louis XIII s'étant servi, l'officier de bouche l'avait remise aux mains de Jolivet, en lui intimant à voix basse l'ordre de rester là, le caprice royal pouvant n'être pas complètement satisfait.
Mais l'orgueil ne troublait pas la jugeotte de notre Jolivet et ne lui faisait pas oublier le véritable motif de sa présence dans cette chambre royale. Sans en avoir l'air, il fouillait attentivement dans tous les coins de la pièce, plongeait dans tous les groupes, espérant toujours voir apparaître celle qu'il était venu chercher: Diane de Lucé.
Mais, hélas! elle n'était pas là...
Sans doute elle n'avait pu se remettre encore des terribles émotions qu'elle avait supportées, ni reprendre son service auprès de la reine.
Ce ne fut pas elle, ce ne fut pas son délicieux visage qu'il aperçut... Mais bien une face rougeaude, coupée de deux moustaches formidables et d'où saillaient deux gros yeux en boule fixés sur lui.
Tout d'abord, il ne reconnut pas bien le personnage.
Et pourtant il l'avait vu... quelque part... Il n'y avait pas longtemps...
Où donc?
Une exclamation aussitôt comprimée sortit de sa poitrine.
Il voyait... il savait...
C'était M. de Raminoise.
C'est-à-dire celui qu'il avait si vivement dépêché à coup de bouteille, avec ses acolytes, à l'auberge du « Chapon-d'Or ».
Et voici que le pauvre Jolivet, comprenant tout le danger de cette rencontre, eut dans l'épaule une contraction malencontreuse qui déplaça légèrement l'équilibre du plat monumental.
Un filet de sauce dorée s'en échappa, tombant en plein sur le pourpoint de soie d'un duc qui se tenait près du roi.
— Animal! bélître! pendard! Va-t'en... ou je te fais jeter dans les oubliettes du château...
Légèrement ahuri, Jolivet tourna sur les talons et se dirigea vers la porte qu'il franchit sans encombre, tandis que les marmitons lui ôtaient des mains le plat tant admiré.
Et il se disposait à courir aux cuisines.
— Tournez à droite!... Ordre du roi!
Il n'eut pas le temps de se demander où ce couloir allait le conduire, car aussitôt la porte s'était refermée derrière lui, des poignes vigoureuses s'étaient abattues sur ses épaules, le secouaient d'importance et l'entraînaient, tandis que la voix déjà entendue tonitruait derrière lui:
— Ah! ah! maître Jolivet, nous avons un compte à régler ensemble... A tout à l'heure!

XIII

PERDU ET RETROUVÉ

Cette voix c'était celle du capitaine Raminoise.
Et, sitôt Jolivet disparu, emmené par les gardes qui l'avaient empoigné, on eût pu voir l'officier courir vers l'escalier d'honneur que descendait en ce moment Louis XIII.
Le gros homme se pencha sur la rampe.
Entre deux haies de gens de cour, le roi s'en allait lentement.
Richelieu marchait près de lui tendant l'oreille avec toute déférence à ce que lui disait le souverain.
— Bon!... fit Raminoise à mi-voix. Sa Majesté garde le cardinal... Le père Joseph est seul... J'aurai donc le loisir de tout lui raconter...
En quittant le palier, il traversa en toute hâte une longue enfilade de salons et se trouva enfin dans une antichambre où veillaient des gardes à lui.
Sans répondre au salut de ses hommes, il s'approcha d'une porte et frappa légèrement.
Une voix lui répondit de l'intérieur.
Il entra.
L'officier se trouvait dans le cabinet du ministre.
Un homme vêtu de bure était assis devant une table et couvrait d'une lourde écriture une feuille de parchemin.
C'était le père Joseph.
Et tandis que le capitaine s'inclinait, il se souleva à demi de son siège, demandant avec une vive anxiété:
— Eh bien?... l'enfant?...
— Mon révérend... balbutia Raminoise.
— Où est-il?... Allons, dites!...
— Je n'en sais rien...
Le franciscain poussa une sorte de cri rauque.
— Je veux tout savoir!... Parlez!... Cette Mme d'Andigny?
— Disparue...
— Et l'enfant?
— Je ne sais, je vous répète, ce qu'il est devenu...
« Je vais tout vous dire... s'empressa d'ajouter le capi-

taine aux gardes. Mais je vous en conjure, ne m'interrompez pas ...Moi, voyez-vous, je n'ai guère le don de parole... Et dès que le fil est perdu...

Le religieux haussa les épaules.

— Voici, mon révérend... commença le gros homme. Aussitôt votre ordre reçu je commandai quelques-uns de mes gardes... Nos chevaux furent sellés en un tour de main...

— Mais finissons-en... Dites-moi bien vite la suite...

— Une fois sur le plateau de Velizy, nous repartîmes de plus belle... Mais lorsque nous arrivâmes au Petit-Massy...

— Il faisait grand jour.

— Nous vîmes sur la route une berline abandonnée...

— Ah! ah!

— Les chevaux, le postillon, les soldats d'escorte: tout avait été tué...

— Passons... Vous avez frappé à l'auberge?

— Sans plus tarder.

— Et vous avez demandé le capitaine Carrefour?

— Cela ne vint que plus tard...

— Et pourquoi?

— Je vais vous le dire... Tout d'abord, je voulus questionner l'aubergiste... Mais l'imbécile ne savait rien... Or tout à coup, voilà que j'avise au dehors un homme qui s'enfuyait...

— Et cet homme?

— Il portait une femme entre ses bras.

— Mme d'Andigny?

— Oh! mais vous devinez tout?... Oui, c'était elle... Mais il tenait aussi un enfant...

— Vous l'avez poursuivi, cet homme?

— Hélas!... Je ne demandais que cela... Déjà, je m'élançais, suivi de mes gardes... mais voilà que soudain.

Raminoise s'arrêta.

— Mais voilà que soudain, un misérable à qui je n'avais accordé qu'une médiocre attention ouvrait une porte de cave... J'y tombai... Et mes hommes avec moi...

Puis regardant de ses gros yeux le franciscain;

— Je vous dis tout cela, mon révérend, avec ma franchise de soldat... Un autre aurait vergogne à confesser pareille mésaventure... Mais je comprends que cette traîtrise est la seule chose qui fait que vous m'excuserez...

— Cela te juge, triple sot!... gronda le père Joseph.

Raminoise continuait:

— Ce fut horrible!... Pendant je ne sais combien d'heures, je restai là, prisonnier dans l'obscurité, avec mes gardes qui geignaient et se morfondaient... Nous y serions encore, si des voyageurs, s'arrêtant dans l'hôtellerie, n'étaient venus nous en tirer... Avec quatre hommes sur six, je partis pour Verrières...

— Mais les deux autres...

— Il n'y avait plus de chevaux pour eux.

— Comment cela?

— Le brigand du jardin, celui que je voulais poursuivre, et son complice qui nous avait fait choir nous en avaient volé deux...

— Après?

— Arrivé au château de Mme de Pontvalais, je ne trouvai qu'une menue valetaille... J'eus beau crier et menacer... On me jura qu'on n'avait vu ni femme, ni enfant... D'ailleurs, je fis fouiller le château de fond en comble... Rien!...

Pendant un assez long moment, le franciscain garda le silence.

Enfin sortant de son mutisme:

— Il y a dans tout cela des choses que je ne m'explique point.

— S'il m'est possible!...

— Je vous ai parlé déjà de Carrefour... Où était-il?...

— Sur la route...

— Mort?

— Il en avait la figure, le vaurien...

— Soit! fit le père Joseph sans manifester l'ombre d'un regret, mais Chantepleure?

— Couché dans la poussière, le nez au sol, les bras en croix...

— Et Quincampoix?

— Oh! pour celui-là, il a reçu un coup de maître.

— Ainsi, tous les trois?

— Tous les trois... Sans parler de leurs hommes...

Une voix tranchante se fit entendre tout à coup.

— Je serais curieux, disait-elle, de savoir en l'honneur de qui cette bataille se donnait?

D'un même mouvement, le moine et l'officier sursautèrent.

Et, s'étant retournés, ils aperçurent le cardinal surgissant d'une portière soulevée.

Richelieu s'avança jusqu'au milieu du cabinet.

— Sans doute, Joseph, vous pourriez me le dire?

Le franciscain se troubla.

— Monseigneur... fit-il d'une voix hésitante, je ne sais vraiment...

— Inutile de nier... interrompit sèchement Richelieu... J'ai tout entendu... Il ne me reste plus à connaître que le nom des adversaires de vos... amis!

Et se retournant vers l'officier aux gardes:

— Voyons, capitaine... Vous qui avez joué votre rôle dans toute cette affaire, avec moins de réussite que de bon vouloir, quels étaient ces terribles vainqueurs?

— Monseigneur, avant de quitter l'auberge du « Chapon d'Or », j'ai fait une enquête.

— Eh! quoi, des témoins?

— Votre Eminence, qui sait tout, n'ignore pas que, partout et pour tout, il s'en trouve... Ceux du Petit-Massy, juraient tout d'abord leurs grands dieux de n'avoir rien vu ni rien entendu... Ils craignaient de se compromettre... Mais je sais les moyens de faire parler les gens...

— Oui, la vigueur...

— Je m'en flatte!

— Capitaine, vous êtes un homme précieux.

Raminoise s'inclina.

— Et le résultat de vos investigations? demanda Richelieu.

— C'est que ces adversaires dont Votre Eminence daigne me demander le nombre...

— Eh bien?

— Ils se réduisaient à un seul!

— Capitaine, je ne puis vous croire!

— Serai-je plus heureux si je donne à Votre Eminence ma parole de soldat?

— Puisqu'il en est ainsi, monsieur, je ne doute plus...

— Et je puis donner à l'aventurier qui commit ces hauts faits son véritable nom...

— Ah!... Je serais bien aise de le savoir.

— C'est un certain Cyrano de Bergerac.

— Merci... Voilà un nom que je n'oublierai pas...

— Si Votre Eminence veut le retrouver, reprit triomphalement Raminoise, je connais quelqu'un qui pourrait y aider...

— Vraiment?

— Son valet... Il est en lieu sûr... Et s'il refusait de rien dire, la torture au besoin...

— Nous verrons... nous verrons... Mais, dites-moi, cette dame qu'il emportait... Je n'ai entendu qu'à demi son nom?...

— Mme d'Andigny...

Raminoise comprit tout à coup qu'il avait prononcé une parole de trop.

Le moine le foudroyait d'un regard terrible.

— Et l'enfant?... continuait Richelieu. Vous doutez-vous?...

— De rien, monseigneur... de rien... balbutia l'officier.

— Je ne sache point que Mme d'Andigny ait jamais été mère...

— Assurément non, monseigneur...

— Donc cet enfant?... Vous n'avez pas la moindre idée?...

— Non... pas la moindre, en vérité!... Mais si Votre Eminence ordonne que je recherche...

Un nouveau regard du père Joseph le fit encore une fois s'arrêter brusquement.

D'ailleurs, le cardinal disait d'une voix brève et cassante:

— Inutile, capitaine!

Et il ajoutait aussitôt:

— Il y a là sans doute un secret qui ne concerne ni vous ni moi... Ne nous en mêlons point... Et je tiens, au contraire... vous m'entendez bien?... à ce que vous n'approfondissiez pas davantage ce qui s'est pu passer cette nuit... Vous l'oublierez même tout à fait, que j'en serais fort aise...

Cette fois, le capitaine aux gardes avait compris.

— Cela suffit, dit-il en s'inclinant. Et Votre Eminence peut être certaine...

— Fort bien, monsieur de Raminoise!

Et, congédié d'un geste, l'officier marcha à reculons jusqu'à la porte.

Arrivé là, il pivota sur les talons et disparut.

— Joseph, dit Richelieu, vous jetterez-vous toujours à la traverse de mes projets?

— A la traverse? Non!

— Eh! quoi, vous osez dire?

— J'ose affirmer que je me proposais de travailler pour vous...

— C'est trop, à la fin!... Suis-je de ces gens que l'on garde en tutelle?... Et me prenez-vous...

— Pour un Louis XIII? Oh! certes non — et vous le savez bien!... Mais je vous veux tout-puissant, à l'abri de la moindre surprise! Aussi, lorsque malgré votre génie que j'admire, et dont je suis l'humble valet, je vous vois hésiter, user de demi-mesures, j'interviens... C'est pour votre bien!

— Je ne veux point être aidé malgré moi!

Et se penchant vers le moine, il ajouta d'une voix plus basse:

— Mais vous ne comprenez donc pas!... Cet enfant!... Moi, je veux qu'il vive!... Qui sait ce qu'il peut advenir de son aîné?... Il nous faudrait alors, après l'avoir tenue pour un malheur, bénir cette double naissance!...

— Pardonnez-moi! s'écria le franciscain. Je vois bien à cette heure que malgré tout mon dévouement il est des instants où je me sens indigne de vous servir...

Et se prosternant presque devant le prélat, il continuait:

— Je le comprends, maintenant!... Il faut que Louis XIV venant à mourir, nous puissions faire crier encore: « Vive Louis XIV! »... Diane de Lucé n'aurait plus de fils... Mais Anne d'Autriche retrouverait le sien...

— Enfin!... murmura Richelieu. Est-il donc si difficile de se faire deviner même du seul homme à qui j'aie quelque fois permis de lire dans mon esprit!...

Joseph releva la tête.

Les yeux étincelants, il déclara:

— Rien n'est encore perdu!... Et je puis vous faire retrouver le fils de notre reine...

— Comment?

— Vous avez entendu le nom du pourfendeur?

— Oui...

— Eh bien! je n'ai pas besoin d'être aidé pour retrouver sa trace...

— Vous savez où il est?

— Oui... Dans un cachot des combles du château...

— Parfait!

— Et vous n'avez qu'un mot à dire: je vous fais amener ce Cyrano de Bergerac...

Mais brusquement les deux hommes se retournèrent.

Ils venaient d'entendre un grand bruit.

Cela venait de la haute cheminée.

Deux jambes bottées apparaissaient sous le manteau.

Puis un corps tout entier, surmonté d'une malicieuse figure ornée d'un nez énorme...

Et Cyrano s'avançait au milieu de la pièce, tirait son feutre et saluait en disant:

— On parle de moi?... Me voici!

XIV

D'UNE FAÇON DE PARLER SANS RIEN DIRE

Le premier mouvement du moine fut de courir vers la table pour lancer un vigoureux appel aux gardes d'antichambre.

Mais d'un geste impérieux, Richelieu l'arrêta.

Pouvait-il laisser croire que l'insolite et brusque irruption de l'intrus lui faisait peur...

Et jetant au Gascon un regard dédaigneux, il gagna son fauteuil du pas le plus tranquille.

S'y étant installé, il demanda froidement:

— Qui êtes-vous?

— Qui je suis, monseigneur? fit-il. Je crois vous l'avoir dit... Mon nom, c'est celui que l'on prononçait ici même, il n'y a qu'un instant.

— Donc, vous prétendez être un gentilhomme du nom de Cyrano?

— En personne, monseigneur... Et c'est une prétention que, de père en fils, nous avons dans la famille...

D'un ton hautain, Richelieu répliqua:

— En ce qui vous concerne, vous permettrez bien que j'en doute...

Le jeune homme se redressa fièrement.

— Jamais je n'ai menti! s'écria-t-il. Et quand j'affirme...

— Vos manières, en tout cas, ne témoignent guère pour vous...

Notre Gascon se mit à rire.

Et montrant la cheminée:

— Ah! je comprends! fit-il.

— Parce que je suis entré par là?... J'aurais préféré de beaucoup, reprit-il aussitôt, obtenir de Votre Eminence une audience en règle... Mais le hasard en a décidé autrement... Je ne puis que l'invoquer pour mon excuse.

— Et comment fûtes-vous amené à pénétrer chez moi d'une aussi singulière façon?

— J'étais prisonnier dans les combles de ce château... N'ayant aucun goût pour l'existence sédentaire qu'on mène sous les verrous, j'ai pris le chemin des toits... Que voulez-vous, monseigneur, c'est une habitude de ma famille que de vouloir la liberté!... et quand on nous la refuse, nous la prenons!... Il y avait des barreaux... mais d'honneur! si mal scellés!... détestable ciment... on vous vole, monseigneur!... Bref, j'ai erré quelque peu sur tuiles et ardoises... puis, une cheminée s'est offerte... A tous risques, je m'y suis engagé... Et voilà comment je suis libre!

D'une voix rude, le moine intervint.

— Libre?... fit-il. Pas encore...

Cyrano se tourna vers lui.

Et du ton le plus convaincu:

— Pardonnez-moi, mon révérend... Mais je suis sûr de ce que j'avance...

— Si sûr que cela?

— Absolument!

Le Gascon parlait avec une si belle conviction, toute sa personne respirait à tel point la jeunesse et la tranquille audace, que Richelieu le regarda d'un œil intéressé.

Avec un demi-sourire, il demanda:

— Et qui vous donne tant d'assurance?

Cyrano s'inclina et d'une voix nette il répondit:

— Monseigneur, c'est la foi que j'ai en votre justice!

— Pour y faire appel, vous devriez commencer par dire de quoi vous êtes accusé...

— Oh! ce serait de grand cœur... Mais...

— Mais?

— Il faudrait que je le connusse moi-même...

— En vérité, monsieur?

— Monseigneur, c'est la vérité pure! Au moment où je me présentais, comme doit le faire tout bon gentilhomme, au palais du roi pour lui présenter mes respectueux hommages, des estafiers se sont jetés sur moi... Vingt contre un!... Si je suis coupable, c'est de ne les avoir pas jetés sur le carreau... Je n'ai pas pu... Voilà tout. Si c'est de cela que je suis puni, c'est justice.

Le moine s'empressa d'intervenir.

Et s'adressant à Cyrano:

— Vous avez désobéi aux ordres les plus absolus du roi.

— Moi?...

— Vous...

— Ah! par exemple, je serais curieux...

— Diriez-vous que vous ignorez l'édit de Sa Majesté sur les duels?

— Assurément non!

— Vous le reconnaissez?

— Sans doute!

— Comment alors, il y a juste vingt-quatre heures, y avez-vous contrevenu?

Le jeune homme songea tout à coup à sa rencontre de la veille, au seuil d'une hôtellerie de Bourg-la-Reine.

— Oh! oh! murmura-t-il, il faut jouer serré!

— Monseigneur, dit-il, il y a au monde trois sortes de gens pour qui j'ai exécration et mépris: les pédants — qui m'ont fait cruellement pâtir tant qu'ils m'ont tenu sous leur férule — les poltrons et les spadassins... Mais j'estime que lorsqu'un homme d'honneur est insulté par un autre homme portant l'épée, c'est la flamberge au poing qu'une telle affaire doit se régler...

— Alors, c'est la révolte?

— Non, monseigneur... C'est au contraire l'obéissance — mais à un maître qui s'appelle l'honneur...

Le cardinal ne jugea pas utile de s'attarder à une discussion sur ce point.

D'une voix insinuante, il reprit:

— Donc, vous avez croisé le fer et le reconnaissez?

— Pleinement.

— Et votre adversaire, c'était?...

— Monseigneur, j'ai plusieurs raisons de ne pas vous révéler son nom... La première, c'est... que je ne le connais point!

Richelieu avait accueilli les déclarations du jeune homme.

Cette franchise, cette verdeur ne lui déplaisaient pas.

Cyrano le sentit.

— Maintenant, monseigneur, s'empressa-t-il de reprendre, pour votre complète édification, je dois ajouter que le prétendu duel s'est simplement borné à une toute courtoise passe d'escrime entre cet inconnu et moi...

— Une passe d'escrime!... fit rudement le franciscain. Oh! oh! nous savons à quoi nous en tenir sur l'euphémisme.

Le Gascon se tourna vers lui.

— En vérité, mon révérend, fit-il, il n'est point d'autre terme... Et l'homme qui vous a renseigné a dû vous dire que pas une goutte de sang ne coula.

— Ce ne fût sans doute point de votre faute... car vous vous battiez comme un forcené.

— Votre policier a trop d'imagination!

— Monseigneur, voici les faits tels qu'ils m'ont été rapportés... Au bout de plusieurs passes, monsieur que voilà désarma son adversaire...

— Ensuite?

— Il s'empara de l'épée qu'il avait fait rouler au loin et, la jetant à son valet, il remit à plus tard la suite de la rencontre...

— Mais ce n'est pas là, que je sache, le fait d'un forcené... objecta Richelieu avec un indulgent sourire.

« Ne faisons point de procès par avance...

Déjà Richelieu levait la main pour un geste de congé, mais, se ravisant:

— Un mot encore. Vous veniez, disiez-vous, au château de Sa Majesté... pour lui présenter vos hommages de gentilhomme... C'est fort bien et d'un fidèle sujet... Mais est-ce bien le seul motif qui vous amenait à Saint-Germain?...

— Monseigneur, reprit Cyrano d'une voix grave, vous avez deviné... Je suis venu pour cause plus haute et plus noble que de faire une simple œuvre de courtisanerie... Ce qui n'est guère de mon fait...

Le cardinal le regarda avec surprise.

Et, frappé du changement qui se faisait sur la physionomie et dans le ton de Cyrano, il répondit:

— Parlez, monsieur... De quoi s'agit-il?

— De l'honneur d'une jeune fille...

Comme s'il avait deviné ce qui allait suivre, il se redressa à demi.

— D'une des demoiselles de la reine... continuait le jeune homme, odieusement accusée, elle, la plus belle et la plus pure, d'avoir forfait à son honneur...

Les traits du ministre se pétrifièrent, ses lèvres minces se pincèrent, son regard se fit impitoyablement dur.

D'une voix sifflante, il répondit:

— Une jeune fille accusée d'une faute?... Eh! que voulez-vous que je fasse à cela?

— Monseigneur, votre haute justice se doit de châtier les calomniateurs!

— Vraiment, monsieur... répliqua Richelieu, avec une sèche ironie, vous oubliez trop que ce sont là matières où il est toujours fort délicat d'intervenir...

— Quoi! pour défendre une innocente enfant, souillée par les insinuations les plus horribles!

Le cardinal l'interrompit d'un geste.

Et d'un ton sévère, il reprit, faisant dévier le dialogue:

— Tout à l'heure, on vient de vous dire pourquoi vous fûtes emprisonné... Mais on ne m'a rappelé, me voyant en veine d'indulgence, que le moindre motif de votre arrestation...

Franchement étonné, Cyrano s'écria:

— Il y en avait d'autres?...

— Ne connaîtriez-vous pas, continua Richelieu après un court silence, certain personnage, qui, fort inconsidérément, intervint l'autre nuit dans un combat où il n'avait que faire?

Notre Gascon se redressa, pour demander de sa voix la plus calme:

— Au Petit-Massy?

— C'est bien cela... Donc ce personnage, vous le connaissez?

— C'était moi-même.

— Vous l'avouez?

— Je fais mieux: j'ose m'en glorifier!

— Comme homme d'épée, je le conçois... Car vous avez accompli là certains faits d'armes... Et je serais le premier à les admirer, si vous n'aviez manqué du même coup à tous vos devoirs de sujet.

— Moi, monseigneur?... Parce que j'ai pris la défense d'une femme et d'un enfant contre de misérables bandits!...

— Vous oubliez qu'au jour venu, vous avez eu affaire à des soldats portant livrée du roi...

— Eh! que m'importe?... Ils faisaient le même métier que les malandrins de la nuit!

— Prenez garde! Vous aggravez fort votre cas... Et chacun des mots que vous prononcez vous éloigne de la liberté que je vous ai rendue...

Le jeune homme s'apprêtait à répondre toujours sur le même ton.

Richelieu l'invita de la main à se taire et reprit insidieusement:

— Vous rendriez, je crois, grand service à la mère en me révélant ce qu'est devenu l'enfant...

— Jamais!

— Quelque serment vous lie?

— Oui, monseigneur... Et hormis à une seule personne...

Mais Cyrano s'arrêta brusquement.

Il comprit qu'il venait de dire une parole de trop, surtout en entendant le ministre lui demander avec insistance:

— Et cette personne?

— Pas même à vous, monseigneur, je ne puis la nommer...

— Soit!... Gardez votre secret... fit Richelieu avec plus de dépit que de surprise.

Il reprit aussitôt:

— Ce que vous n'avez pas le droit de me dire, vous ne le cacheriez pas, je suppose, à la propre mère de l'enfant?...

— Il faudrait pour cela qu'avec toute certitude je la connusse...

— Alors, vous ne vous doutez pas?

— Non...

Le cardinal ne put réprimer un geste de satisfaction.

— Et si, moi, reprit-il, je vous disais son nom...

— Peut-être hésiterais-je encore... Car le serment dont j'ai parlé...

— Vous hésiteriez?... Même si cette mère était justement la personne...

Richelieu s'arrêta.

A une contraction de son cœur, le jeune homme pressentit qu'il allait entendre quelque chose de terrible.

D'une voix étouffée, il demanda:

— Si c'était?...

— Celle à qui vous vous intéressez tant!

Cyrano eut un geste affolé.

Un cri rauque jaillit de sa gorge serrée.

— Elle?... Mais c'est impossible!... murmura-t-il enfin.

— On peut vous en convaincre... dit alors Richelieu avec une impitoyable froideur.

En même temps, il faisait un signe.

Le père Joseph disparut aussitôt.

Comme s'il se fût retrouvé seul, le cardinal se replongea dans ses dossiers et ses liasses.

Quant au jeune homme, il restait immobile, le front bas et les poings crispés.

Brusquement il se retourna.

Le franciscain venait de faire son entrée.

Derrière lui s'avançait Diane de Lucé.

La malheureuse enfant avait peine à se soutenir.

Elle avançait, la tête penchée, les bras pendants en un abandon désolé.

Cyrano courut à sa rencontre.

Elle leva les yeux.

Alors, en voyant ce beau visage pâli, crispé, décomposé, il ne put retenir une exclamation de surprise douloureuse.

Diane l'avait vu.

Un faible cri s'exhala de ses lèvres décolorées, ses paupières s'abaissèrent, elle chancela...

Le jeune homme la reçut dans ses bras.

Elle était évanouie.

— Faiblesse passagère... fit sèchement Richelieu.

Et le moine ajouta rudement:

— Lorsqu'elle aura repris ses sens, interrogez-la!

Et les deux hommes se dirigèrent vers la porte ouvrant sur l'antichambre.

Resté seul avec Diane, Cyrano la porta dans le fauteuil que Richelieu venait de quitter.

L'y ayant déposée, il s'agenouilla devant elle et attendit.

Enfin, les beaux yeux de la pauvre jeune fille se rouvrirent lentement.

Pendant quelques instants, ses prunelles errèrent au hasard.

Les yeux de la jeune fille s'abaissèrent vers lui.

— Vous!... s'écria-t-elle.

Tout d'une pièce elle s'était dressée.

Et balbutiante, hagarde, affolée, elle reprit:

— Savinien!... Vous ici?...

— Oui, Diane, c'est moi... Votre ami le plus tendre et le plus fidèle...

— Mon ami... soupira-t-elle doucement.

— Et votre défenseur chère créature que poursuivent l'insulte et la calomnie!

— Merci... dit-elle. Vous êtes digne de moi comme je suis...

Mais elle s'arrêta.

Ses yeux venaient de nouveau de fixer la tenture.

— Et mon frère... murmura-t-elle. Oh! je n'ai pas le droit...

Elle s'abattit dans le fauteuil, pencha la tête et éclata en sanglots.

Le jeune homme s'était relevé.

Debout devant elle, la tête perdue et le martyre au cœur:

— Diane!... s'écria-t-il. Ne pleurez plus... Je suis là, moi, votre vengeur... le justicier des infâmes qui vous calomnient!...

Elle sanglotait toujours.

— Car ils vous calomnient?... reprenait-il, penché vers elle. Diane, répondez!

En un effort suprême, poussant jusqu'au bout le sacrifice qu'on lui imposait, elle répondit:

— Non!...

— Non?... rugit Cyrano avec un geste terrible.

Ce geste, elle le vit.

— Oh! Savinien!... Par grâce, tuez-moi!... Délivrez-moi de la vie... délivrez-moi de la honte!

— Malheureuse!

— Oh! oui... bien malheureuse!... Et s'il vous reste un peu d'affection pour moi...

Dans un élan, le jeune homme l'interrompit:

Et s'abattant sur ses genoux:

— De l'affection?... Non... C'était l'amour le plus ardent que je vous avais voué... Et c'est de l'amour le plus atroce, de la jalousie la plus torturante que je souffre, à présent que je vous sais indigne, souillée, avilie!...

Des larmes jaillissaient des yeux du pauvre Cyrano.

La malheureuse était à la torture.

Ses forces étaient à bout.

Elle ne pourrait pousser plus loin le sacrifice.

C'en était trop!

Une protestation lui montait aux lèvres. Elle allait tout dire, enfin!... Comment elle était la victime de combinaisons ténébreuses... Comment elle se résignait à la honte pour sauver son frère de la mort...

Mais à cette dernière pensée, son cœur s'arrêta.

Une fois encore, elle tourna les yeux vers la tapisserie.

Cyrano surprit son regard.

Un éclair illumina soudain son esprit.

Il avait compris qu'il se passait quelque chose de mystérieux, d'inexplicable.

Ce moine qui était sorti pour aller chercher la jeune fille! Oui, c'était cela! Pour des causes qu'il ne s'expliquait pas, mais qui devaient être tragiques, on avait menacé Diane... on la contraignait à mentir...

Et ces regards qu'elle dirigeait vers cette tenture...

Oui! quelqu'un était caché là! quelqu'un qui épiait, qui écoutait les paroles échangées!...

Et, tout en accablant la jeune fille de sa colère, de son mépris, il tira de sa poche un crayon, ses tablettes.

— Amie, disait-il à haute voix, vous avez manqué à l'honneur... Vous que j'ai connue pure et honnête, vous avez glissé sur la pente infâme... Maudite, soyez maudite!

Mais tandis qu'il parlait, il écrivait sur ses tablettes.

Elle comprit enfin.

Le jeune homme s'était approché d'elle, l'invective à la bouche et faisant résonner des éclats de sa voix tous les échos du cabinet de Richelieu.

Mais en même temps, il mettait ses tablettes sous les yeux de Diane.

Elle lut:

« Est-ce vrai?... D'un mouvement de tête, répondez! »

La jeune fille le regarda de ses yeux candides.

Et de la tête, elle fit:

— Non!

— Ah!... s'écria Cyrano le cœur inondé d'une joie indicible.

Mais il songea qu'il allait se trahir.

Et d'une voix furieuse, il reprit:

— Ah! le misérable à qui vous vous êtes livrée, je le tuerai!

En même temps, il écrivait:

« Pardonnez-moi de vous avoir crue quand vous vous accusiez... Pardonnez-moi les blasphèmes que j'ai proférés et ceux qu'il me faudra proférer encore pour tromper vos espions... Je vous adore!... Je vous sauverai!... Je vous vengerai!... »

Lorsqu'elle eut jeté les yeux sur le papier, Diane joignit les mains en une sorte d'extase.

— Quant à l'enfant, reprenait Cyrano pour donner le change aux gens qui écoutaient de l'autre côté de la tapisserie, quant à l'enfant, jamais vous ne le reverrez!... Jamais vous ne saurez ce qu'il est devenu!

Comme si elle n'eût pu en supporter davantage, Diane se dirigea lentement vers la porte.

Et là, à demi cachée par la tenture soulevée, elle lança au jeune homme un regard où elle mit tout son cœur.

Puis elle disparut.

Un instant plus tard, la porte par laquelle était sorti Richelieu se rouvrit.

Le cardinal parut.

Il était seul.

Notre Gascon avait eu le temps de se composer une contenance.

Sourire aux lèvres, air insouciant, il avait l'air d'un homme qui prend bravement son parti.

— Je pense, monsieur, lui dit le prélat, que vous êtes à cette heure pleinement édifié?

— Oui, monseigneur. L'opération a été rude, mais elle a réussi: je suis guéri.

— Vraiment?... Eh bien, si j'ai un conseil à vous donner, c'est de quitter Paris pour quelque temps!... Il n'est tel que l'éloignement pour assurer la cure parfaite des blessures de cette sorte...

— Oh! monseigneur... Je suis si sûr de moi!

— Pas d'imprudence... Rien n'est fragile comme les convalescences du cœur... Pour éviter une rechute, faites ce que je vous dis!

Le jeune homme comprit que ce conseil était un ordre déguisé.

On voulait l'éloigner: il en savait trop long sur la mystérieuse affaire du Petit-Massy...

— Et quand devrai-je partir? demanda le jeune homme.

— Pas plus tard que demain.

Cyrano s'inclina.

Et, congédié par le ministre, il s'en alla en se disant:

— D'ici à demain, il peut se passer bien des choses!...

Il ne savait pas si bien dire.

XV

PÉRIPÉTIES

Nous avons laissé Jolivet harponné par les mains vigoureuses des suppôts de Raminoise.

Le pauvre garçon, secoué comme un prunier, avançait par saccades le long du couloir obscur.

Enfin les estafiers, qui le conduisaient avec force bourrades, s'arrêtèrent dans une dernière cour.

Jolivet qui s'attendait à être conduit dans quelque geôle ou cul de basse-fosse, fut surpris de cette halte.

Inquiet, il regarda autour de lui.

Tout à coup, il aperçut Raminoise et pâlit.

— Ah! ah! monsieur le drôle, fui dit enfin Raminoise dont la colère s'était ranimée à sa vue...

Avant que Jolivet eût pu faire un mouvement, il se sentit enlever et précipiter à plat ventre sur un banc où, en quelques secondes, il fut attaché de manière à ne pouvoir remuer.

— Parfaitement, reprit M. de Raminoise, qui savourait par avance le plaisir des dieux.

Maintenant, chacun de vous, à son tour, va appliquer à ce misérable un solide coup de bâton sur la partie charnue qui est en évidence.

« Un! commanda le persécuteur de Jolivet.

Et le premier bâton s'abattit en sifflant sur le pauvre diable, qui poussa un hurlement.

— Deux!

Second coup de trique et hurlement plus prolongé.

— Trois! poursuivait l'inexorable Raminoise.

Mais au moment où l'exécuteur numéro un relevait le bras, une forme blanche bondit entre lui et le patient.

C'était Cambournac, le maître-queux, rouge à la fois de colère et du feu de ses fourneaux.

Au premier cri poussé par la victime, il s'était mis à la fenêtre et avait reconnu son ami.

— Comment, s'écria le cuisinier en s'adressant à Raminoise, vous osez faire subir un pareil traitement...

— Parfaitement, interrompit Raminoise.

— Vous ne savez donc pas que mon ami est de la bouche de Sa Majesté?

— Et vous, maître, vous ignorez donc que votre ami a osé porter la main sur les gardes de Sa Majesté?

— A moi, les marmitons! fit Cambournac d'une voix tonnante, en tirant de sa ceinture un large couteau.

A cet appel, une vingtaine de marmitons, gâte-sauces et laveurs de vaisselle, qui se tenaient prêts à secourir leur chef, se précipitèrent dans la cour.

Ils agitaient tumultueusement des broches, d'énormes lardoires.

Une sorte de colosse brandissait au-dessus de sa tête une poêle gigantesque.

Tous vinrent se ranger autour de Cambournac, faisant face à l'ennemi.

— Sus à cette canaille! ordonna Raminoise en dégainant.

— Vengeons l'honneur des cuisines! riposta le maître-queux.

Un moment, les deux troupes se mesurèrent du regard, comme pour chercher le point faible de l'adversaire.

Ils allaient s'élancer en une mêlée furieuse, lorsqu'à la porte de la cour apparut un jeune page.

Sur son plastron était brodé l'écusson royal.

— Ordre de la reine, annonça-t-il en s'avançant gravement.

Ces quatre mots arrêtèrent tout net l'élan des combattants.

— Enfin, je vous trouve, maître Cambournac, continua le jeune homme en s'adressant à l'irascible chef.

« Ça n'a pas été sans peine. Que se passe-t-il donc? Les cuisines sont vides...

— Il se passe, interrompit le maître-queux encore tout bouillant de colère, que M. de Raminoise veut faire bâtonner le plus précieux de mes collaborateurs.

— Peut-être, demanda le page, l'auteur de la pièce montée que Leurs Majestés ont tant admirée?

— Justement; ce grand artiste.

— Eh bien, reprit l'envoyé de la reine, Sa Majesté m'envoie précisément lui apporter l'ordre, ainsi qu'à vous, de se présenter immédiatement devant son auguste personne.

— Ah! vous entendez, fit Cambournac d'un air de triomphe en s'adressant à Raminoise.

— Sans doute, répondit celui-ci, mais...

— Mais, reprit le chef des cuisines, qu'on le délie sans retard. C'est l'ordre de Sa Majesté.

Déjà plusieurs marmitons s'étaient précipités vers Jolivet, dont le visage congestionné était tourné vers ses défenseurs.

En quelques secondes, la victime de M. de Raminoise se trouva libre.

On l'aida à se relever, ce qu'il ne fit pas sans laisser échapper une grimace significative et porter la main à la partie offensée.

Pendant ce temps, son persécuteur et ses affidés se retiraient, l'oreille basse.

Cependant la reine attendait.

A la hâte, on répara le désordre des vêtements de Jolivet et, sa veste ayant reçu des atteintes fâcheuses, on courut chercher un uniforme d'officier de bouche...

C'était le seul vêtement présentable que l'on eût sous la main.

Heureusement, il paraissait avoir été fait pour lui.

— Allons, allons, dépêchons, répétait le page, pendant qu'il endossait l'habit. Sa Majesté va s'impatienter.

Enfin la toilette de Jolivet fut achevée.

Après avoir passé par les communs et les cours qui reliaient l'ancien château au Château-Neuf construit par Henri IV, les trois personnages traversèrent en diagonale la grande cour d'honneur qui en précédait l'entrée principale.

Tout en marchant à côté de son ami, Cambournac lui faisait la leçon :

— Tu sais que notre illustre souveraine, entre toutes les qualités qui la distinguent, sait apprécier nos talents.

— Non, j'ignorais, répondit Jolivet.

— Si, Sa Majesté est friande au dernier point. Il est certain qu'elle va t'adresser des questions.

— Eh bien! je lui répondrai.

« Ainsi, continua Jolivet, je réussis fort bien les filets de soles en Chérubin, la carpe à la Fontainebleau, les coquilles d'écrevisses à la Vaucluse... Ça, j'ose dire que c'est mon chef-d'œuvre...

— Chut! fit tout à coup Chambournac, j'ai entendu marcher dans la pièce à côté; c'est sans doute la reine.

En effet, la porte s'ouvrit, et une tête curieuse s'aventura hors de l'huis.

— Monsieur Savinien! s'écria Jolivet.

— Oui, c'est moi, dit Cyrano en entrant tout à fait dans la pièce. Tu n'as pas vu Mme de Grammont?

— Je l'aurais vue, mon maître, que, n'ayant pas l'honneur de connaître cette dame...

— C'est vrai. Où avais-je la tête? J'erre de salle en salle, à sa recherche, et... Mais, fit tout à coup Cyrano, en s'interrompant et examinant son domestique avec curiosité, que fais-tu là? Quel est ce costume?

— Celui des officiers de bouche de Sa Majesté. J'attends la reine, qui a désiré que je lui fusse présenté, ajouta Jolivet en se rengorgeant.

— Toi, maroufle?

— Mais oui, mon cher maître, et vous me voyez dans ce salon, attendant notre auguste souveraine.

— Tu m'étonnes.

— Voilà, voilà, monsieur Savinien. Je rêvais donc au moyen de parvenir jusqu'à Mlle Diane, lorsque le hasard amena près de moi mon ami que voici.

Le maître-queux s'inclina profondément.

— Mon ami Cambournac, un compatriote. Je dois avouer qu'au premier moment il me fit une fière peur en me posant la main sur l'épaule.

— Poltron!

— Voici donc, reprit Jolivet en parlant très vite, ledit Cambournac me reconnaît, partage sa bourse avec moi, m'introduit dans ses cuisines, le repas royal allait brûler, je sauve la situation grâce à mes petits talents, j'exécute même une pièce montée qui obtient l'approbation de la reine, et Sa Majesté demande à en voir l'auteur.

— A la bonne heure, fit Cyrano pensif; et tu dis que tu vas voir la reine Anne d'Autriche... moi qui ne peux seulement pas parvenir jusqu'à la duchesse de Grammont...

— Monsieur Savinien, si j'osais...

— Quoi?

— La reine ne me connaît pas... Cambournac vient de s'éloigner, sans doute il guette son arrivée.

— Eh bien!

— Profitons de ce moment, prenez ma livrée d'officier de bouche; grâce à elle, vous pourrez circuler partout.

— Mais si la reine vient?

— Etes-vous embarrassé pour lui parler? Vous qui savez tout, vous l'entretiendrez aussi bien de cuisine que de poésie.

— Tu crois?

— Dépêchons, reprit le brave garçon en retirant son habit d'uniforme, endossez cette livrée qui doit vous aller comme un gant, et moi je m'esquive.

Tout en parlant, Jolivet avait passé l'habit à Cyrano et il allait s'enfuir discrètement vers la porte qui lui avait servi d'entrée.

Au même moment revenait Cambournac.

Dans sa profonde stupéfaction de cette métamorphose, le chef des cuisines resta un moment immobile, semblable à la femme de Loth qui fut, comme on sait, changée en statue de sel.

— Ecoute, lui dit Jolivet en venant vers lui, tu m'as dit que ma fortune serait faite si je parlais à la reine, eh bien, c'est la tienne qui est certaine si tu présentes mon maître à la souveraine.

— Impossible! tu es fou.

— Pas du tout, il s'en tirera admirablement.

Au même moment une porte s'ouvrait, et le page qui les avait conduits paraissant sur le seuil :

— Allons, messieurs les officiers de bouche, Sa Majesté vous attend.

Force fut à Cambournac de faire contre fortune bon cœur et d'accompagner, tout en tremblant, Cyrano qui, palpitant d'espoir, suivit son introducteur.

Arrivés devant la reine, les deux hommes firent une respectueuse inclination, et, selon l'étiquette, attendirent que la souveraine leur adressât la parole.

Anne d'Autriche allait ouvrir la bouche pour les interroger, lorsque, son regard se portant sur Cyrano, son attention fut attirée par l'appendice nasal qui était le trait le plus remarquable de son visage.

Involontairement, la reine, qui était sans doute en veine de gaieté, fut prise d'un fou rire que, par bonté pour son inférieur, elle dissimula derrière l'éventail que, selon la coutume d'Espagne, elle n'abandonnait jamais.

Ayant rapidement repris son sérieux, la reine s'adressa en souriant à Cambournac :

— Eh bien! lui dit-elle en désignant Cyrano, voici donc l'auteur de cette merveilleuse pièce dont nous nous sommes fort régalée?

— Oui, Majesté, répondit Cambournac, en se prosternant presque, c'est lui-même.

— Savez-vous, reprit Anne d'Autriche en s'adressant cette fois au Gascon, que vous possédez un véritable talent!

— La reine est trop indulgente, fit modestement le faux Jolivet, mais j'espère avoir l'honneur de composer pour Sa Majesté une œuvre culinaire plus digne de sa haute appréciation.

— Volontiers, reprit la reine, je veux vous mettre à l'épreuve; et, pour commencer, dites-moi si vous avez quelques notions de la cuisine espagnole?

— Certainement, Majesté, né près des Pyrénées, je ne saurais ignorer ce qui se pratique en Espagne.

— Ah! tant mieux, dit la reine, car depuis que j'ai quitté mon pays, je suis privée de certains mets qui m'agréaient beaucoup.

— Eh bien, reprit Cyrano, la reine n'a qu'à commander et j'espère lui rappeler, sans trop de désavantage, ses souvenirs de Madrid.

— Oh! s'écria la reine avec sensualité, que j'aimerais une *olla podrilla* comme on les faisait au palais.

— Rien de plus facile, Majesté.

— Je ne doute pas de vos talents, mais...

— Votre Majesté, interrompit Cyrano, craint peut-être que je ne connaisse pas la véritable recette?

La reine ne se formalisa pas de cet accroc à l'étiquette.

— N'étant pas Espagnol, répondit-elle, cela n'aurait rien de surprenant.

— La reine veut-elle me permettre de lui en exposer les principes?

— Soit, je vous écoute, fit Anne d'Autriche, qu'amusait cette dissertation gastronomique.

— Eh bien, Majesté, selon mon humble opinion, il faut en premier lieu s'occuper du vaisseau qui contient les ingrédients voulus.

Cyrano avait prononcé ces derniers mots comme un Castillan.

— Vous parlez espagnol? demanda la reine étonnée.

— Oui, Majesté, répondit le Gascon dans la langue de Cervantès, au service de Votre Grâce.

— En ce cas, fit la reine en employant cette fois le castillan, vous pouvez être assuré de notre bienveillance.

Cyrano s'inclina profondément.

— Ah! illustre reine, s'écria-t-il en se redressant d'un air inspiré, qu'il est doux à un humble artiste d'être apprécié par sa souveraine!

— Vraiment, dit en souriant la reine à une dame qui venait d'entrer, notre officier de bouche s'exprime en poète. Qu'en dites-vous, Grammont?

— J'écoute et j'admire, madame, et si ce garçon sait aussi bien faire la pâtisserie que s'exprimer...

— La pâtisserie, madame, s'écria Cyrano, qui venait de sursauter au nom de Grammont, c'est mon fort. Sans me vanter, continua le Gascon en manœuvrant pour se placer entre la reine et la dame d'honneur, je puis donner à madame la duchesse telles recettes qui l'émerveilleront, les soufflés au chocolat, par exemple.

Tout en parlant, Cyrano avait tiré de sa poche le collier de Mme d'Andigny et, sans que la souveraine pût s'en apercevoir, il l'agitait de façon à attirer l'attention de Mme de Grammont.

Ce ne fut pas sans surprise que celle-ci reconnut le bijou, passé en de telles mains. En femme experte dans toutes les intrigues de cour, elle résolut de se ménager une entrevue avec le porteur du collier.

— Ce serait bien tentant, dit-elle à Cyrano, et pendant que la reine donnera l'audience qu'elle a promise, je consentirais volontiers, avec sa permission, à prendre une leçon de vous.

La reine sourit.

—Mais ma pauvre Grammont, dit-elle, c'est tout un apprentissage à faire, vous ne sauroz jamais.

— Pardon, madame, j'ai de grandes dispositions, et si Votre Majesté me permettait d'entretenir ce gentilhomme... de bouche... tandis qu'elle va donner son audience...

— Oh! fit Anne d'Autriche avec complaisance, je ne puis vous refuser ce plaisir. Je regrette même de ne pouvoir le partager.

Ravie de cette liberté, la duchesse s'inclina pour remercier, puis, se tournant vers Cyrano :

— Venez, lui dit-elle.

Et tous deux sortirent du salon, après avoir salué la reine.

Mme de Grammont s'arrêta dans un cabinet retiré, dont elle eut soin de fermer soigneusement la porte.

Puis se tournant brusquement vers Cyrano :

— Me direz-vous, interrogea-t-elle, d'où vous tenez ce collier?

— C'est Mme d'Andigny qui me l'a remis.

— Je le pense bien, mais dans quelles circonstances? Parlez vite, et gardez qu'on vous entende.

— Madame, répondit le Gascon à demi-voix, je ne suis pas ce que je parais être. Vous voyez devant vous le malheureux Cyrano de Bergerac.

— Est-il possible!

— Ecoutez, madame la duchesse. Me trouvant en une auberge du Petit-Massy, une localité peu connue entre Antony et Longjumeau, j'ai été assez heureux pour secourir Mme d'Andigny, dont l'escorte venait d'être attaquée par une bande de sacripants.

— Elle est sauvée?

Oui, madame, quoique légèrement blessée.

— Et l'enfant?

— L'enfant est sauf également. Sa nourrice seule a été massacrée.

— Achevez, de grâce!

Après avoir couché dans la poussière ou mis en fuite ces gredins, commandés par trois spadassins, j'ai pris l'enfant qui dormait, le pauvre innocent, au milieu de ce carnage, et l'ai confié à mon hôtesse, une brave fille de Gascogne, ainsi que la jolie dame qui se trouvait dans le carrosse.

— Alors Mme d'Andigny et l'enfant sont dans cette hôtellerie?

— Ils n'y sont plus.

— Ah! je comprends, fit Mme de Grammont, elle vous a confié ce bijou en guise de mot de passe.

— Précisément, madame.

— Mais après?

— Après, madame la duchesse, comme nous avisions au moyen de faire porter l'enfant au château de Verrières...

— Eh bien!

— Des cris, des appels retentirent à la porte de l'auberge, que l'on menaçait d'enfoncer.

— Ah! mon Dieu!

— C'étaient certainement de nouveaux persécuteurs. Je regardai par ma lucarne.

— Et vous vîtes?

— M. de Raminoise, le capitaine aux gardes, accompagné d'une escorte.

— Afin de ne pas exposer ceux que j'avais déjà sauvés au hasard d'une balle ou d'un coup de rapière, car les brigands étaient huit, et moi seul avec mon valet, pendant que l'hôtesse les amusait, je chargeai la dame sur un de mes bras, l'enfant sur l'autre, et à travers le jardin, je gagnai par la campagne le château de Verrières.

— Bon Cyrano, fit la duchesse émue, aussi intelligent que brave. Ainsi tous deux sont en sûreté?

— Je le suppose du moins.

— Vous ne les avez donc pas revus?

— Non, madame. Ce devoir rempli, je suis revenu à l'auberge.

— Quelle imprudence?

— Fallait-il abandonner mon valet? Ce dévoué serviteur avait réussi à faire tomber M. de Raminoise et la plupart de ses acolytes dans la cave; il avait assommé les autres à coups de bouteilles.

— C'est donc un héros dans son genre?

— Non, mais un poltron révolté. Nous n'avions plus qu'une chose à faire, déguerpir au plus vite; et dans ce but, j'empruntai deux chevaux à M. de Raminoise, que nous avons d'ailleurs consciencieusement fourbus.

— Je rirais du tour, fit la duchesse, si je n'étais si inquiète de cet illustre et malheureux enfant.

— Illustre?... s'écria Cyrano, dont la voix tremblait d'émotion, quel est donc cet enfant?...

— Chut! Malheureux, interrompit Mme de Grammont en regardant autour d'elle, parlez plus bas, c'est un secret d'État, et il y a des secrets qui tuent ceux qui les connaissent, ne cherchez donc pas à savoir...

— Un... mais alors, fit violemment le Gascon, ce n'est donc pas l'enfant de Mlle de Lucé?

— De Diane? Avez-vous perdu l'esprit? C'est la fille la plus innocente et la plus pure...

— Ah! madame, s'écria Cyrano en saisissant les deux mains de la duchesse qu'il couvrit de baisers et de larmes, vous ne savez quel bien vous me faites.

« Pauvre ange! Et moi qui ai pu croire... Ah! je suis le dernier des misérables.

— Non, mon ami, vous êtes le plus noble cœur que je connaisse. Mais les moments sont précieux, on peut nous interrompre. A tout prix, il faut savoir si l'enfant est encore à Massy, ce qu'il est devenu.

— Ordonnez, madame, mon bras vous appartient.

« J'ajouterais mon cœur, si je n'en avais déjà fait don à une autre personne.

« Quoi que vous me commandiez, il n'est rien d'impossible à Cyrano, quand il s'agit de vous servir et de sauver...

Mme de Grammont l'interrompit.

— C'est parler en héros, Cyrano; et il ne faut rien moins que votre vaillance et votre habileté pour me donner confiance, car nous avons contre nous le cardinal et le père Joseph, et il faut s'attendre à tout.

« Attendez-moi, fit la duchesse en sortant précipitamment.

Seul, le Gascon songea.

— L'enfant! Oui il doit être d'illustre race! et je commence à entrevoir un étrange mystère... Qu'importe? après tout. Un être faible est menacé, il faut le défendre et le sauver!

La porte s'ouvrit de nouveau et derrière Mme de Grammont, Cyrano vit s'avancer, rose de confusion, Diane de Lucé, dont les beaux yeux se levaient sur lui d'un air craintif.

La duchesse avait pris la main de Diane, comme pour une présentation.

Elle l'obligea de s'avancer tout près de Cyrano qui restait immobile.

— Mademoiselle de Lucé, fit-elle, par suite d'une grave affaire d'Etat, qui doit rester secrète, M. Cyrano de Bergerac, votre fidèle chevalier, a pu douter de vos sentiments à son égard.

« Tout autre en eût fait autant à sa place.

« Je l'ai désabusé.

« Il vous demande pardon d'avoir pu croire un instant votre propre aveu.

« En signe d'absolution, donnez-lui votre main à baiser.

Avec un sourire céleste, Diane tendit la main à Cyrano.

— Ah! Savinien! fit-elle avec un soupir.

— Diane, mon ange adoré, ma vie ne suffirait pas à payer ces larmes.

— Conservez-la pour moi, repartit la jeune fille en répondant à la fiévreuse pression des mains de son amant.

Attirant à lui la jeune fille qui se défendait doucement, il imprima sur son front si pur le plus chaste baiser.

— Maintenant, sauvons-nous, dit la duchesse.

Et légères, les deux femmes disparurent.

Longtemps Cyrano écouta le froissement de leurs robes de soie, le bruit léger de leurs pas qui s'éloignaient.

Puis, lorsque tout fut retombé dans le silence solennel de la royale demeure, il se disposa à partir.

Dans les salles où vaguaient les courtisans, on regardait passer, non sans quelque étonnement, cet officier de bouche aux airs de matamore.

Cyrano s'orienta.

Dans son idée, en quittant la galerie, il aurait à traverser un vestibule au bout duquel il trouverait le grand escalier.

Il ne s'apercevait pas du tout qu'il était le point de mire de tous les regards.

Il était à cent lieues de penser que ses airs de pourfendeur et l'habit qu'il portait formaient le contraste le plus bizarre.

Lorsqu'il se retourna, il se vit examiné par un groupe de jeunes seigneurs.

A la richesse de leurs costumes, il jugea qu'ils devaient appartenir à la plus haute noblesse.

Il fut désigné à l'un d'eux par son voisin.

— Hé! l'homme.

Cyrano rougit de colère, mais il fit semblant de n'avoir pas entendu.

— Eh bien! bélître! recommença son interpellateur.

— Vous avez dit? demanda-t-il en revenant sur ses pas.

— J'ai dit que j'allais te tirer par ton nez, manant.

« Ce n'est pas la place qui manque.

Du coup, les oreilles du bretteur devinrent écarlates.

Sous sa livrée, il avait conservé son épée.

Brusquement il la tira du fourreau.

— Quoi, c'est vous, monsieur de Cinq-Mars?

« Précisément, nous avons un léger compte à régler ensemble.

Cyrano venait de reconnaître son ex-adversaire.

Aveuglé par la colère, sans réfléchir qu'il s'exposait, dégainant dans une demeure royale, il s'avança menaçant.

Un cri d'indignation partit du groupe des courtisans.

— Drôle! faquin! oses-tu bien...

D'un geste rapide, le Gascon avait retiré sa livrée, qu'il jeta sur les dalles.

— A nous deux, monsieur de Cinq-Mars, cria-t-il à celui qu'on appelait M. le Grand.

Mais le favori de Louis XIII, qui venait seulement de reconnaître Cyrano, ne se souciait guère d'un combat singulier.

Le Gascon était un trop rude jouteur, puis n'avait-il pas sur lui de quoi se débarrasser, sans exposer sa précieuse existence, de cet adversaire décidément encombrant.

— Holà! gardes! cria-t-il.

A l'appel de M. le Grand, Cyrano vit surgir de toutes parts les uniformes des sbires royaux.

Alors, mais seulement alors, Cyrano comprit l'énorme faute qu'il venait de commettre en se faisant reconnaître.

Au loin il vit accourir Jolivet qui levait les bras au ciel.

D'un regard, il le cloua à sa place.

Se doutant bien qu'il allait être arrêté, Cyrano préférait que son domestique ne partageât point son sort.

D'abord, Jolivet ne manquerait pas d'avertir Mlle de Lucé.

Celle-ci parlerait aussitôt à Mme de Grammont.

Et la duchesse ferait intervenir la reine.

M. de Raminoise s'était approché du grand écuyer.

Celui-ci, sortant un papier de sa poche, l'avait appuyé sur le côté de son feutre à plumes.

Avec un crayon que venait de lui prêter le capitaine des gardes, il avait écrit quelques mots à la hâte.

Puis il l'avait remis à Raminoise, jetant à Cyrano un coup d'œil railleur.

Le capitaine des gardes avait pris un air rébarbatif.

— Monsieur Cyrano de Bergerac, lui dit-il en enflant sa voix, au nom du roi, je vous arrête.

« Rendez votre épée.

Un moment, le Gascon eut envie de lui crever la bedaine, comme on met une tonne en perce.

Heureusement, il réfléchit à temps qu'il ne ferait que gâter ses affaires.

Il lui tendit sa rapière par la poignée.

— Certain jour, lui dit-il, j'espère bien vous la présenter par l'autre bout.

— Nous n'en sommes pas encore là, lui riposta Raminoise en s'emparant de l'arme si redoutable dans les mains du Gascon.

— Tout vient à point à qui sait attendre, répondit Cyrano. Seulement, pour égaliser les chances entre nous, je ferai un rond sur votre ventre et les estocades qui vous atteindront en dehors ne compteront pas.

L'esprit ne perd jamais ses droits. Quelques rires se firent entendre.

Quatre gardes entourèrent Cyrano.

— Où me conduit-on? demanda ce dernier.

— A la Bastille.

— Ah! fit amèrement l'amoureux de Mlle de Lucé, je reconnais la prudence de M. le grand écuyer.

Puis se tournant vers le favori:

— Tu me fais coffrer pour ne pas te battre avec moi, beau mignon.

« Mais on sort de la Bastille.

« Le jour où j'en serai dehors, je te promets que le plat de mon épée fera connaissance avec ton échine.

M. le Grand était l'orgueil incarné.

Il pâlit sous les insultes de Cyrano.

Néanmoins il affecta un air dédaigneux.

— Débarrassez-nous de ce bravache, commanda-t-il au capitaine des gardes.

Le Gascon eut une velléité de révolte.

— Au revoir, ruffian, lui cria Cyrano.

Puis, jetant à Jolivet un coup d'œil éloquent, il suivit les gardes en se redressant avec fierté.

Enfin on se trouva dans la cour octogone qu'il avait traversée peu auparavant.

M. de Raminoise fit conduire son prisonnier dans un des deux corps de garde.

Là, on l'enferma dans une geôle éclairée seulement par un soupirail garni de barreaux.

Cyrano entendit qu'on plaçait une sentinelle à la porte.

Au même moment, il entendit le roulement d'une voiture qui s'arrêta devant le corps de garde.

— On vient me chercher, pensa-t-il. Cyrano, mon ami, ce carrosse sent la Bastille.

En effet, des pas se firent entendre, sa porte s'ouvrit de nouveau et un exempt de la maréchaussée parut.

— Veuillez me suivre, lui dit-il.

Il n'y avait aucune résistance pratique à opposer à cet ordre. Cyrano obéit sans prononcer une parole.

Il traversa ainsi le corps de garde, à la porte duquel il vit un carrosse dont la portière était ouverte et qu'entouraient plusieurs cavaliers.

— Montez, lui dit l'exempt.

Cyrano, fort découragé, s'introduisit dans la voiture, dont il occupa une des places du fond.

L'exempt s'assit à côté de lui, deux de ses hommes sur la banquette qui lui faisait face, tandis qu'un troisième montait sur le siège à côté du cocher.

— A la Bastille! cria l'exempt.

Et la lourde machine, ébranlée par deux vigoureux chevaux mecklembourgeois, prit la route de Paris.

———o———

DEUXIEME PARTIE

I

CYRANO A LA BASTILLE

Le Gascon y arriva en pleine nuit, dans un état d'exaspération qui confinait à la folie, injuriant l'exempt qui l'avait amené, le guichetier qui l'écroua et les deux gardiens qui le menèrent toujours pestant au gouverneur de la Bastille.

Celui-ci voulut se mettre en frais d'amabilité pour le gentilhomme écrivain:

— Monsieur Cyrano, lui dit-il avec une exquise politesse, nous allons vous donner une des meilleures chambres dont nous disposons, et, pour ma part, je suis enchanté de faire votre connaissance.

— Eh bien, répliqua brutalement Cyrano en enfonçant brusquement son feutre sur ses yeux, si vous êtes enchanté de faire ma connaissance, moi, je me serais bien passé de faire la vôtre. Voilà tout ce que j'ai à vous dire.

Le gouverneur se contenta de sourire.

Tout ce que Cyrano avait gagné à se montrer insolent avec le gouverneur, c'est qu'au lieu d'être placé dans une chambre, il allait habiter une des calottes.

Un instant, il eut la pensée de faire résistance, mais il réfléchit que cela le rendrait ridicule inutilement; aussi, tout rouge de colère, suivit-il le porte-clefs.

Celui-ci marchait le premier et, derrière le prisonnier, venaient deux gardiens.

On traversa la cour et le porte-clefs alla frapper à la porte de la tour désignée.

Un bruit de clefs se fit entendre, puis des verrous furent tirés et les portes s'ouvrirent successivement.

Cyrano suivit silencieusement le porte-clefs qui s'était engagé dans l'escalier tournant.

Sur le dernier palier, on s'arrêta.

Deux portes faisaient face, portant les numéros 6 et 7.

On ouvrit le numéro 6 et Cyrano entra dans le logement que lui fournissait le roi Louis XIII.

Une chaise, une table, un grossier châlit en composaient tout l'ameublement.

Resté seul, le Gascon se jeta tout habillé sur sa couchette pour cuver sa rage.

Rage de son impuissance, rage de devoir son internement à ce Cinq-Mars qu'il détestait cordialement, rage enfin d'être séparé de Diane, exposée à tant de dangers, sans qu'il lui fût possible de lui porter secours.

Le matin, un faible rayon de soleil, pénétrant par la lucarne et qui vint se jouer à ses yeux, le réveilla.

Il eut une lueur d'espoir.

Jolivet, par Mlle de Lucé, et celle-ci, par la duchesse de Grammont, avait peut-être fait connaître à la reine sa misérable situation.

La porte s'ouvrit. Désillusion profonde!

C'était le porte-clefs accompagnant un gardien, qui lui apportait son déjeuner dans une corbeille.

Cet homme déposa sur la table ce qui constituait son repas et sortit, sans doute pour aller chez un autre prisonnier, le laissant seul avec le geôlier.

Cyrano résolut de profiter de cette circonstance et prit un air engageant.

— Si vous vouliez me donner un coup d'épaule dont je saurai être reconnaissant.

— Moi, mon gentilhomme, et comment?

— En vous chargeant de faire parvenir une lettre à quelqu'un qui me tirera certainement de prison.

— Pas possible, répondit le geôlier, ça nous est absolument défendu.

— Mais, reprit le tenace Cyrano, qui le saura?

— Eh bien, monsieur Cyrano, vous avez votre honneur de gentilhomme auquel vous tenez à plus qu'à toute chose.

— Evidemment, mais qu'a de commun mon honneur avec ma proposition?

— Eh bien, quoique je ne sois pas gentilhomme, j'ai mon genre d'honneur à moi; c'est le devoir.

« A ce soir, monsieur.

— A ce soir, incorruptible geôlier.

Le porte-clefs sortit et ferma la porte avec les précautions habituelles.

Resté seul, Cyrano s'assit sur son unique chaise et mangea du bout des dents la pitance qui lui avait été apportée.

Il achevait son repas mélancoliquement lorsqu'il lui sembla entendre un léger grattement.

— Tiens, pensa-t-il, une souris; à moins que ce ne soit un rat.

Il écouta de nouveau.

Au grattement avait succédé un bruit semblable à celui d'une pierre qu'on ébranle.

Bientôt, en effet, il lui sembla voir remuer une de celles appartenant au mur de la cellule voisine.

La pierre paraissait reculer, s'enfoncer dans une excavation.

Enfin ce fut un trou, dans l'encadrement duquel il vit paraître une tête, dont les yeux le considérèrent avec curiosité.

C'était le numéro 7 qui, pour occuper ses loisirs sans doute, avait pratiqué ce trou.

Il était jeune et de bonne mine.

— Je ne m'étais pas trompé, vous êtes seul.

— Comme vous le voyez, mon cher voisin.

— Le geôlier ne reviendra pas avant l'heure du dîner, nous avons le temps de causer.

Et par l'étroite ouverture le numéro 7 passa un bras, puis une épaule et, grâce à sa sveltesse et à l'aide de Cyrano, il put pénétrer tout entier dans sa cellule.

Son premier soin fut de courir à la table, de la porter au-dessous de la meurtrière, d'y grimper lestement et de regarder à travers les barreaux.

Puis il redescendit.

— Excusez-moi, dit-il, mais j'avais hâte d'éclaircir mes doutes. Cette lucarne donne bien sur le fossé extérieur.

— Est-ce que vous comptez vous en aller par là? demanda Cyrano.

— Je ne vois guère d'autre moyen.

— Mais vous vous romprez les os.

— Je suis en train de fabriquer une corde, car à tout prix, dussé-je y perdre la vie, il faut que je sorte d'ici; car l'heure de la vengeance a depuis longtemps sonné.

— Ah! vous êtes dans mon cas. Mais de quoi voulez-vous tirer vengeance?

— D'un crime infâme. Je veux me venger de celui qui l'a commis et de celle qui l'a subi.

— Celui qui l'a commis, je le comprends, fit Cyrano, mais la victime...

— Victime volontaire, car pour sauver ma vie, pour me rendre la liberté, elle a sacrifié son honneur.

— C'est épouvantable, répliqua Cyrano, et je comprends qu'il vous tarde de laver votre injure dans le sang d'un pareil misérable.

— Je les tuerai tous les deux, cria le numéro 7 en s'agitant comme un forcené.

— Cependant, reprit le Gascon, c'est par excès d'amour sans doute que cette malheureuse a consenti pour vous sauver...

— Non, interrompit le prisonnier, car l'infâme est ma propre sœur. C'est mon sang, mon nom sans tache qu'elle a prostitués.

— Encore êtes-vous bien certain?

— Sûr comme je vous vois. Si je ne l'ai pas vu de mes yeux, j'ai entendu des mousquetaires, qui ne me croyaient pas si près d'eux, faire des gorges chaudes sur le compte de Diane de Lucé, et raconter à qui voulait l'entendre qu'elle s'était livrée au marquis de Cinq-Mars pour obtenir ma grâce.

En entendant ces deux noms, le Gascon s'était levé brusquement, comme poussé par un ressort.

Attribuant ce mouvement à l'émotion que lui causait son récit, Raoul de Lucé — car le numéro 7 était le frère de Diane — poursuivit avec véhémence:

— Vous comprenez si je suis altéré de vengeance; elle, ma sœur, devenue le jouet des soudards, la risée des goujats, l'infâme!

— Alors, s'écria Cyrano, parce que quelques drôles, à qui l'on a sans doute fait la leçon, ont osé insulter la plus pure des femmes, vous avez pris cela pour argent comptant.

Raoul regarda le Gascon avec stupéfaction.

— Comment? Que voulez-vous dire?

— Je dis que vous avez été la dupe d'un piège ignoble, et que Mlle de Lucé n'a jamais failli.

— Comment le savez-vous? Vous la connaissez donc?

— Ça, c'est mon affaire, mais j'en suis sûr.

Raoul haussa les épaules:

— Je ne sais quel motif, avouable ou non, vous fait prendre la défense de cette malheureuse...

— Apprenez, mon jeune monsieur, riposta Cyrano en se redressant, que les motifs qui me guident sont toujours honorables, et veuillez ne pas insulter votre sœur devant moi.

— Apprenez à votre tour, mon grand monsieur, cria Raoul, rouge de colère, que je ne permets à personne de se mêler de mes affaires de famille.

« Tenez, continua-t-il en sortant un poignard de sa poitrine et le jetant sur la table, voici tout ce qu'il faut pour pour que l'un de nous deux tue l'autre.

— Hé! que voulez-vous faire d'un poignard? Passe, si vous en aviez deux.

— Pas besoin, reprit Raoul, qui tira de sa poche deux dés et un cornet.

« Nous allons jouer à qui des deux poignardera son adversaire.

— Allons, vous êtes fou, répondit Cyrano, qui reprenait son sang-froid.

— Non, j'aurai ton sang, ou tu auras le mien.

— Dans un combat loyal où chacun se défend, soit, mais...

— Tu recules, lâche?

— Eh bien, non, s'écria Cyrano en prenant le cornet.

— Allons donc!

Rapidement le Gascon secoua les deux dés et les jeta sur la table.

— Neuf! annonça-t-il. A vous.

A son tour Raoul s'empara du cornet et y agita les dés, puis, le renversant, il se pencha:

— Huit! fit-il d'un air sombre.

— Vous avez perdu.

— Eh bien, soit, reprit le jeune homme, je paierai. Mieux vaut mourir que vivre déshonoré.

Puis, d'un geste brusque écartant son pourpoint, il présenta sa poitrine au Gascon.

— Frappez! dit-il d'un ton farouche.

— Non, répondit Cyrano en se croisant les bras.

— Ah! pas de fausse générosité, répliqua Raoul en s'animant, si j'avais gagné, je ne vous eusse point épargné.

— Chacun son idée, reprit le Gascon impassible, mais je ne tue pas un adversaire désarmé.

— Alors vous me traitez d'assassin?

— Non, mais j'ai une autre manière de voir que vous.

— Il ne fallait pas jouer. Maintenant que vous avez gagné, vous devez me tuer, sinon vous me déshonorez.

— Mais c'est de la démence! s'écria Cyrano.

— Pas du tout, c'est de la logique. Ainsi frappez, si vous ne voulez pas que je vous crache au visage.

Une flamme passa dans les yeux du Gascon, qui saisit le poignard.

Mais au lieu de s'avancer sur Raoul, d'un geste rapide il le lança vers la lucarne.

L'arme, déviant, frappa sur un barreau et rebondit dans la cellule.

— Ah! misérable! s'écria Raoul en le ramassant, tu l'auras voulu...

Au même instant, la porte s'ouvrit et les deux prisonniers virent entrer le gouverneur, accompagné de gardes.

— Au nom du roi... commença-t-il, mais stupéfait de voir les deux prisonniers réunis, il s'interrompit tout à coup.

« Emparez-vous du numéro 7 et désarmez-le, ordonna-t-il à son escorte.

« Je le regrette pour vous, mon gentilhomme, poursuivit-il en s'adressant à Raoul, mais vous m'obligez à des mesures de rigueur que nécessitent votre double tentative d'évasion et de meurtre sur un des mes prisonniers. Vous m'expliquerez tout ceci.

« Quant à vous, monsieur, continua le gouverneur, s'inclinant avec courtoisie, j'ai l'heureuse mission de vous annoncer que vous êtes libre.

— Libre! s'écria le Gascon.

— Oui, monsieur, reprit le gouverneur en dépliant un papier. Je viens de recevoir cet ordre de Sa Majesté le roi, qui m'enjoint de vous faire reconduire à Saint-Germain avec les égards dus à votre rang. Vous voudrez bien témoigner que je n'en ai pas manqué envers vous.

— Oh! certainement, répondit Cyrano avec politesse. C'est plutôt moi qui dois m'excuser...

— D'un peu de brusquerie à votre arrivée? Ah! monsieur, je ne vous en garde pas rancune.

Cyrano exultait, il allait être libre! Il allait revoir Diane, se venger de Cinq-Mars.

Tout à coup, son regard se porta sur le frère de Diane, à qui l'on venait d'arracher le poignard et que deux gardes tenaient chacun par un bras.

— Je ne partirai pas, dit-il en se croisant les bras.

Le gouverneur le regarda ébahi.

— Serait-il devenu fou? pensa-t-il.

— Mais n'avez-vous pas entendu qu'il s'agit d'un ordre du roi!

— C'est inutile, je refuse d'obéir. A moins que...

— Ah! vous mettez une condition?

— C'est que ce gentilhomme, répond le Gascon en désignant Raoul, sera libre en même temps que moi.

— Mais vous n'y pensez pas, c'est impossible.

— Pourquoi!

— Vous me le demandez? Un prisonnier d'Etat, il y va de ma tête.

— Même résultat si vous désobéissez au roi.

— Voyons, mon cher monsieur, reprit le gouverneur d'un ton suppliant, ne vous obstinez pas.

— Oh! fit le Gascon, secouant la tête comme les enfants entêtés, je ne bouge pas d'ici sans monsieur.

— Songez donc, poursuivit le malheureux fonctionnaire avec des larmes dans la voix, que j'ai l'ordre sous les peines les plus sévères — c'est écrit en toutes lettres.

— Je le vois bien, dit Cyrano en jetant un regard sur le papier.

— Mais, monsieur...

— Il n'y a pas de mais; je m'en vais avec monsieur, ou je reste à la Bastille, et si vous tentez de m'en faire expulser, je brise les os au premier qui m'approche.

— Quel homme! murmura le pauvre gouverneur.

« Allons, reprit-il, il faut en passer par où vous voulez, mais je m'expose beaucoup.

— Enfin!

— Oui, mais vous engagez votre parole de me dégager?

— Je vous la donne.

— Et vous vous laisserez conduire à Saint-Germain tout de suite?

— Avec les plus grands égards.

— Cela va de soi.

— Alors tout est entendu, fit le Gascon.

Puis, se retournant vers le frère de Diane:

— Sortez le premier, monsieur de Lucé, dit-il, vous êtes libre.

Les deux gardes qui le tenaient, sur un signe du gouverneur, lui lâchèrent les bras.

D'un bond, Raoul fut à la porte. Puis, se tournant vers Cyrano:

— J'accepte la liberté que vous me donnez parce que je ne puis faire autrement, mais nous nous retrouverons, monsieur.

— Pardieu, je l'espère bien.

Sur la recommandation du premier fonctionnaire de la Bastille, le porte-clefs se détacha pour accompagner Raoul qui, sans cette précaution, eût été arrêté dès la première porte.

On les entendit s'ouvrir et se refermer, et lorsque Cyrano eut acquis la certitude que son compagnon avait déguerpi, s'adressant au gouverneur qui consultait sa montre avec inquiétude:

— Maintenant, monsieur, lui dit-il en s'inclinant avec la plus exquise politesse, je suis absolument à vos ordres.

— En ce cas, veuillez me suivre, monsieur Cyrano. Des chevaux vous attendent à la porte de la Bastille. Je vous en prie, ne les épargnez pas.

« Au revoir monsieur Cyrano ! lui cria le gouverneur.

— Soit, mais pas chez vous, répondit le Gascon en rendant la main.

Et les trois chevaux partirent au galop.

II

PETITES ET GRANDES CAUSES

UE s'était-il donc passé à Saint-Germain pour que Cyrano, enfermé la veille par l'entremise de Cinq-Mars, eût été le lendemain remis en liberté et que sa présence au château fût si impérieusement nécessaire?

C'est ce que nous devons expliquer au lecteur.

Mais, pour cela, il nous faut le mettre au courant des intrigues galantes de la cour de Louis XIII.

Ce prince, que l'on a pu surnommer le Chaste, puisqu'il avait été si longtemps sans s'approcher de la reine, avait cependant le goût du flirtage.

Il lui fallait une favorite, quand ce n'était pas un favori. Tout jeune, il avait eu Albert de Luynes, puis ç'avait été Mlle de Lafayette, nièce de la mère du père Joseph et, par conséquent, cousine du moine.

C'est alors que Richelieu suscita Mlle de Hautefort, qui ne tarda pas à prendre dans l'esprit du roi, sinon dans son cœur, la place de Mlle de Lafayette.

Mais, afin que cette passion naissante ne pût devenir un danger, le premier ministre crut habile de donner au roi un favori qui dépendît absolument de lui. Il jeta les yeux sur Henri d'Effiat, marquis de Cinq-Mars, grand écuyer de France, qui avait toutes les qualités requises: bien fait de sa personne, enjoué, aimant le plaisir, absolument corrompu, et tout à sa dévotion.

La naissance du dauphin mit un terme au règne de Mlle de Hautefort, qui fut exilée à quarante lieues de la cour, et Cinq-Mars, qui avait fini par conquérir la faveur du faible Louis XIII, certain que personne ne la partagerait plus avec lui, ne mit plus de bornes à ses ambitions.

Ayant su se faire aimer de la princesse Marie de Gonzague, il en avait eu une fille, qu'elle avait fait reconnaître par sa gouvernante, la marquise d'Arquiem. Cinq-Mars se crut assez puissant pour l'épouser et s'en ouvrit au cardinal.

Richelieu, qui ne se souciait pas de donner au favori une élévation qui pouvait le soustraire à son pouvoir, refusa nettement, et par le conseil du père Joseph, s'empressa de marier cette princesse au roi de Pologne, qui la demandait.

Dès lors, Cinq-Mars, dont le roi ne pouvait plus se passer, voyant qu'il n'était qu'un instrument dans les mains du cardinal, résolut de voler de ses propres ailes.

Pour se consoler de la perte de sa maîtresse, il devint l'amant de Marion Delorme. Chaque soir, dès que le roi était couché, il allait la trouver dans son hôtel de la place Royale.

Il s'y trouvait si bien qu'il manquait souvent le lever du roi.

Louis XIII en voulut connaître la cause, et ce fut son valet de chambre, La Chénaye, une créature de Richelieu, qui fit connaître au roi sa liaison avec l'Aspasie du dix-septième siècle.

Le roi battit froid à son favori, dont il était aussi jaloux que d'une maîtresse.

Cinq-Mars voulut savoir qui lui avait rendu ce mauvais office, et, dès qu'il l'eut découvert, il ne songea plus qu'à s'en venger, car il ne doutait pas que le coup partît du cardinal.

Avec l'aide du maréchal de la Meilleraye, qui avait à se plaindre de La Chénaye, il travailla si adroitement à le discréditer qu'il le fit chasser.

Richelieu, qui était à sa maison de Rueil, l'apprit trop tard pour parer le coup et sauver sa créature.

Il ne tarda pas à savoir que la disgrâce du valet de chambre était le fait de Cinq-Mars et cela acheva de lui dessiller les yeux.

Cette Marion Delorme, qui n'avait pas le temps de nouer sa ceinture entre l'amant du jour et celui de la nuit, favorisant à la fois le poète Desbarreaux et le grand écuyer, n'était pas inaccessible.

Le cardinal résolut d'obtenir ses bonnes grâces.

Il en parla très secrètement à l'abbé de Bois-Robert, ministre habituel de ses plaisirs.

L'abbé répondit qu'il connaissait beaucoup Mlle de Lenclos, plus connue dans le monde de la galanterie sous le nom de Ninon, intime amie de Marion Delorme, et que, par son aide, il serait facile d'attirer à sa maison de Rueil la maîtresse de Cinq-Mars.

— Par ma foi, répondit Richelieu, vous êtes un homme précieux, Bois-Robert; vous avez carte blanche pour agir. Le plus tôt sera le mieux; mais sous quel prétexte comptez-vous m'amener cette belle?

— La ville et la cour ne s'entretiennent-elles pas des embellissements faits dans sa demeure par Votre Eminence?

« Curieuse comme toutes les filles d'Eve, Marion acceptera la proposition que lui fera Ninon, d'y venir voir les eaux.

« Monseigneur aura donc tout le loisir de la voir et de l'entretenir, si tel est son bon plaisir.

Richelieu ayant approuvé le projet de l'abbé, Bois-Robert se mit immédiatement en campagne.

Caché derrière d'épais massifs, Richelieu, déguisé en cavalier, put apercevoir Marion sans qu'elle le vît, et il la trouva plus belle que l'abbé le lui avait dit.

Au plaisir de se venger de son ennemi, il joindrait celui d'une délicieuse aventure.

Mais Cinq-Mars était-il aimé? Voilà ce qu'il s'agissait de savoir.

Toute la tendresse de Marion était pour Desbarreaux, jeune conseiller au Parlement, cultivant la poésie non sans succès, débauché, avec une grande ostentation d'impiété.

Richelieu, très satisfait de ces nouvelles, chargea l'abbé, si heureux dans ses précédentes négociations, d'obtenir de Desbarreaux qu'il cédât sa maîtresse au cardinal.

Ninon, en effet, parla à Marion de l'amour du cardinal, qui, *par hasard*, l'avait aperçue à la fête de Rueil. Elle fit valoir la puissance que lui donnerait un amant de cette envergure.

Le lendemain, lorsque Cinq-Mars entra dans la chambre de Marion, il fut surpris d'y voir de nouveaux ornements et voulut savoir qui lui avait fait ce cadeau.

Par instinct, Marion fut discrète, elle plaisanta, bouda, prit des airs de reine offensée, bref le grand écuyer ne put rien savoir.

Dans sa rage, il porta ses soupçons sur le contrôleur général d'Emery, qui rendait quelquefois visite à Marion, et le fit menacer de coups de bâton par Coquerel, lieutenant du grand prévôt.

Très effrayé, d'Emery, pour détourner l'orage, cessa de voir Marion Delorme, ce qui confirma les soupçons de Cinq-Mars.

La fantaisie qu'il avait eue pour Marion, sous l'aiguillon de la jalousie, se changea en une sorte de fureur amoureuse.

Conseillés par le père Joseph, les parents du grand écuyer en firent des plaintes au roi.

Très affecté de l'infidélité de son favori, Louis XIII garda le lit pendant quelques jours et feignit d'être malade pour éloigner de lui l'ingrat, afin de ne pas être obligé de lui témoigner son ressentiment.

Comme si, dans sa superbe, Cinq-Mars se fût cru au-dessus des coups de la fortune, il ne parut pas se préoccuper autrement du mécontentement royal.

Bien plus, il prêta l'oreille aux propositions du comte de Soissons, qui lui offrait la main de sa nièce, Mlle de Longueville, avec de grands avantages, s'il voulait entrer dans une conspiration contre le cardinal de Richelieu.

Mais la mort du comte de Soissons, arrivée peu de temps après la bataille de Sedan, déconcerta ce projet.

Pourtant la ligue contre Richelieu se renoua plus tard avec le duc de Bouillon, par l'entremise du jeune de Thou, ami intime de Cinq-Mars.

A partir de ce moment, se sentant menacé, le cardinal devint l'ennemi implacable du favori.

Il le fit espionner.

Un des agents du père Joseph se *camouflait* comme le plus habile des mouchards.

Déguisé en grison, il surprit les intrigues de Cinq-Mars avec les envoyés secrets du roi d'Espagne.

D'ailleurs la rupture était complète entre le favori et le premier ministre.

Un matin, le cardinal, entrant chez le roi, y trouva le grand écuyer en conférence intime avec le souverain.

A sa vue, la conversation s'arrêta.

Le premier ministre comprit que c'était de lui dont on parlait.

— Votre Majesté, dit-il en s'inclinant, n'est peut-être pas disposée à s'entretenir d'affaires sérieuses?

— Au contraire, monsieur le cardinal, répondit le roi, nous causions avec M. le grand écuyer de matières d'importance.

— Du vol d'un faucon peut-être, reprit le cardinal avec un sourire railleur, à moins que ce ne soit d'un nouveau sonnet du poète Desbarreaux.

Cinq-Mars sentit le coup:

— La perspicacité de Votre Eminence est, pour cette fois, en défaut, de plus graves pensées occupaient le roi, et l'état de l'Europe était le sujet de notre entretien.

— Monsieur le grand écuyer, qui possède des clartés sur toutes choses, entretenait peut-être Sa Majesté des intrigues nouées à Paris même par l'Espagne.

Cinq-Mars, pris à l'improviste, rougit légèrement.

Satisfait d'avoir touché son adversaire, le tigre rentra ses griffes.

— Je ne savais pas, reprit-il, que le marquis de Cinq-Mars prît tant d'intérêt aux choses de la politique: je l'en félicite.

— Mais oui, reprit vivement le roi, qui avait horreur des querelles en sa présence, Henri en raisonne fort bien.

— Oh! sire, fit le favori en s'inclinant.

— Mais si, mais si, poursuivit Louis XIII, mon ami — c'est ainsi qu'il désignait Cinq-Mars — m'a dit de fort bonnes choses. Il a des idées.

— Je l'ai toujours pensé, fit le cardinal avec un sang-froid imperturbable.

— Aussi, reprit le roi, fort de cette ironique appréciation, j'ai pris une résolution.

« Dans le dessein que notre ami puisse nous servir encore plus utilement qu'auparavant, nous croyons bon qu'il s'instruise aux affaires.

— Cette idée n'est pas venue toute seule au roi, pensa le cardinal.

— C'est pourquoi, continua Louis le Juste, nous avons décidé que le grand écuyer prenne place au Conseil.

« Ainsi, poursuivit le roi en frappant sur l'épaule de son favori, va, mon enfant, et laisse-moi travailler avec M. le cardinal, dont le portefeuille me paraît bien gonflé.

Cinq-Mars salua et sortit, non sans avoir lancé au cardinal un coup d'œil de victoire.

Resté seul avec le roi, celui-ci dit à son ministre d'un ton presque inquiet:

— Vous m'approuvez, monsieur le cardinal?

— Mais sans doute, sire, M. le grand écuyer est un jeune homme intelligent que l'on pourra initier progressivement aux affaires. Car, quelle que soit la confiance du roi en M. de Cinq-Mars, Sa Majesté sait mieux que moi qu'il y aurait, au début, imprudence à lui communiquer certains secrets d'Etat.

— Expliquez-vous.

— Mon Dieu, sire, M. le Grand aime le plaisir; cela est naturel et de son âge. Mais ce penchant l'entraîne à des fréquentations bien mêlées parfois.

— Vous voulez parler de cette Marion? fit le roi avec dépit.

— Non seulement de cette femme, mais de ceux qui fréquentent chez elle. La cour et la ville passent par sa ruelle, il y vient beaucoup de seigneurs étrangers. Les agents de Sa Majesté Catholique revêtent tant de formes.

— Oui, répondit le roi pensif, j'ai peut-être accordé cette grâce un peu vite. Néanmoins j'ai confiance en Cinq-Mars, il est trop mon ami pour me trahir, et je veux qu'il s'instruise aux affaires. Voyons, qu'avez-vous à me présenter ce matin?

— Oh! seulement quelques signatures, sire.

— Vous ne me parlez plus de la barrette pour le père Joseph...

— Parce que ce fidèle serviteur de Votre Majesté ne vivra peut-être pas assez pour la porter.

— En vérité.

— Oui, sire, depuis l'attaque d'apoplexie dont il a été frappé à Compiègne au mois de mai dernier, la santé du père Joseph décline, mais son intelligence reste entière. Il surveille toujours avec le même soin les menées de vos ennemis, et, en ce moment même, il cherche à réunir les fils d'un complot.

— Encore?

— Et des plus graves, où seront peut-être compromis certains personnages, dont le roi sera surpris de rencontrer le nom.

— Là, là, monsieur le cardinal, ne vous enflammez point, j'ai foi dans votre prudence et suis assuré que vous ne me laisserez point créer d'embarras.

Sur ces paroles, le roi se leva d'un air ennuyé, et le cardinal, comprenant que l'audience avait assez duré, prit congé, pestant au fond contre Cinq-Mars et contre ce roi de la Triste Figure, pour la gloire duquel il employait son génie.

Rentré dans son cabinet, Richelieu fit appeler le père Joseph.

— Mon révérend, lui dit le cardinal d'une voix brève, le grand écuyer fait du chemin sans qu'il y paraisse. Il me ruine dans l'esprit du roi. A tout prix, il faut l'arrêter dans sa course.

— M. de Cinq-Mars conspire, répondit le capucin d'une voix creuse.

— En avez-vous la preuve?

— Oui. Un de mes agents l'a surpris en compagnie de Fontrailles et d'une dame espagnole avec plusieurs de ses compatriotes. Le rendez-vous était dans une auberge de Bourg-la-Reine. On s'était enfermé pour comploter en paix et l'aubergiste avait l'ordre de n'ouvrir à âme qui vive.

— Peuh! fit dédaigneusement le cardinal, le témoignage d'un vil espion est de bien peu de poids contre un si grand personnage.

— Possible, mais si ce témoignage est confirmé par la parole d'un gentilhomme.

— Lequel?

— Cyrano de Bergerac, qui ne peut l'avoir oublié, car il a croisé le fer avec notre homme et lui a fait sauter l'épée des mains.

— Toujours ce Gascon, murmura Richelieu pensif.

— Oui, reprit le capucin, un fier luron, qu'il vaut mieux avoir dans son jeu que contre soi.

— J'y penserai. Mais où est-il?

— A la Bastille, où M. de Cinq-Mars l'a fait conduire hier soir, au moyen d'une lettre de cachet signée du roi.

— Signée du roi... Diable! diable! Il est difficile de l'en faire sortir.

— Il faut battre le fer tandis qu'il est chaud.

— Vous avez raison. Je vais retourner chez le roi et, encore qu'il ne me paraisse pas bien disposé ce matin, je tâcherai d'obtenir la liberté de Cyrano.

Louis XIII fut surpris de voir entrer son ministre qu'il venait à peine de quitter.

— Quel grave objet vous ramène auprès de nous, monsieur le cardinal?

— Grave, en effet, sire, répondit le ministre affectant un air soucieux.

— Quelque rébellion?

— Pas encore, sire; mais je viens de recevoir, d'un homme très sûr, des renseignements sur les menées de l'Espagne. Je ne me trompais pas en disant à Votre Majesté qu'il se tramait quelque chose.

— Toujours des complots... Et quel est cet homme sûr qui vous renseigne si bien?

— Un agent du père Joseph.

Le roi fit une moue dédaigneuse. Le cardinal s'y attendait.

— Mais, continua-t-il, ces renseignements seront corroborés par un gentilhomme que le hasard a mené à l'endroit où s'ourdissait le complot.

— Et ce gentilhomme, vous l'avez interrogé?

— Malheureusement, sire, une lettre de cachet signée de Votre Majesté vient de le faire écrouer à la Bastille.

— Et qui l'a délivrée?

— M. de Cinq-Mars.

Le roi fronça le sourcil.

— Le grand écuyer, dit-il sèchement, avait des raisons sans doute.

— Votre Majesté me pardonnera, mais en ces matières délicates, je préférerais qu'Elle entendît, de la bouche même de ce gentilhomme, le récit de son aventure.

— Tout cela est fort obscur. Je crois voir pourtant où vous en voulez venir. Avez-vous une accusation nette à formuler contre le grand écuyer?

— Je n'ai encore que des indices, sire, mais suffisants, je crois, pour que le gentilhomme soit extrait de la Bastille...

— Des indices, des insinuations, rien de positif.

— Quant à ce gentilhomme...

— Qu'il reste où il est, dit brusquement le roi. Si l'on a besoin de lui, on sait où le trouver.

Louis XIII s'était levé. Richelieu comprit que l'audience était terminée; il s'inclina, sortit et rentra dans son cabinet à la fois furieux et inquiet de l'insuccès de sa démarche.

Il venait à peine de prendre place dans son fauteuil, qu'un huissier vint le prévenir que la duchesse de Grammont demandait à lui parler.

— Faites entrer, répondit-il.

La duchesse entra comme un coup de vent.

— Monsieur le cardinal, dit-elle d'une voix basse et rapide, tout est perdu. Le dauphin se meurt.

Le premier ministre se leva effaré.

La mort de cet enfant, c'était la ruine, la ruine de l'œuvre gigantesque qu'il avait entreprise.

Il ne se soutenait que par la vie de ce frêle rejeton de la puissance royale, dont Louis XIII, au fond, certain de sa propre impuissance, le considérait comme le protecteur nécessaire. Lui mort, tout s'écroulait.

Faisant appel à son énergie, il suivit la duchesse à l'appartement du dauphin.

Il n'y trouva que le médecin qui venait d'accourir, la nourrice qui pleurait près du berceau princier et le père Joseph priant en silence.

Penché sur le berceau, le médecin observait le petit malade, cherchant à établir son diagnostic.

— Eh bien? demanda le cardinal d'une voix haletante.

— Le dauphin est bien bas, lui répondit-il à l'oreille.

— Mais vous le sauverez?

— Heu! fit le médecin.

— Il faut qu'il vive!

— Monseigneur, tout ce qui sera possible à la science sera tenté.

Le père Joseph, ayant interrompu ses oraisons, s'était approché du cardinal:

— L' « autre » vit toujours, lui souffla-t-il tout bas.

Une flamme passa dans les yeux du premier ministre.

— Mais, demanda tout à coup le cardinal au père Joseph, qui avait repris ses litanies, et dont les lèvres s'agitaient, cet enfant, où est-il? Comment le retrouver?

— Cyrano seul en est capable.
— Mais il est à la Bastille.
— Oui, par ordre signé du roi.
— Qu'importe? la circonstance est trop grave; nous l'en ferons sortir. Venez.

Richelieu sortit précipitamment entraînant presque de force le capucin, qui traînait, en le suivant, sa jambe à demi paralysée.

Tous deux se rendirent dans le cabinet de travail du père Joseph.

Celui-ci prit dans un coffre à secret un blanc-seing royal et le tendit au cardinal, qui le remplit de sa propre main.

Ordre était donné au gouverneur du château de la Bastille, sur le vu du présent, de mettre en liberté le baron Cyrano de Bergerac, détenu de la veille;

De le faire conduire au château de Saint-Germain immédiatement, de telle façon qu'il y fût rendu avant deux heures de relevée;

De prendre des mesures pour que ces instructions soient remplies avec tous les égards dus au baron de Bergerac, et cela sous les peines les plus sévères.

III

PERDU ET SAUVÉ

En montant la rampe qui dominait les terrasses du Château-Neuf, le courrier qui accompagnait Cyrano lui recommanda de relever le collet de son manteau et de rabattre son feutre sur ses yeux.

— Il est important que vous ne soyez pas reconnu, lui dit-il, c'est une recommandation que je suis chargé de vous faire.

A peine les deux chevaux furent-ils dans la cour des écuries, qu'un huissier du cardinal, qui semblait posté là pour l'attendre, s'approcha discrètement et se pencha vers le Gascon:

— Suivez-moi, lui dit-il discrètement, et pas de questions.

Les deux hommes longèrent les communs, puis entrèrent dans une sorte de cellier dont l'huissier avait la clef et dont il ferma soigneusement la porte derrière eux.

Ensuite il se dirigea vers une encoignure où du doigt il pressa un ressort artistement dissimulé.

Un bruit sec se fit entendre et d'elle-même une porte cachée dans une boiserie glissa sans bruit sur une rainure.

Par l'ouverture béante on apercevait les premières marches d'un escalier de pierre tournant en spirale.

Le jeune homme eut à peine monté les premiers degrés de l'escalier, que la porte, se refermant aussi doucement qu'elle s'était ouverte, laissa les deux hommes dans une complète obscurité.

Une seconde porte s'ouvrit devant lui, une voix humble annonça:

— La personne qu'attend Son Eminence.

Et Cyrano se trouva en présence du cardinal.

— Ah! vous voilà, mon ami.

La figure de Richelieu respirait l'aménité.

— Aux ordres de Votre Eminence.

— Bien, répondit le cardinal, c'est ce que je désire.

— Monseigneur, reprit Cyrano, ne doit pas ignorer qu'un cas de force majeure a seul pu m'empêcher d'obéir à l'ordre qu'il lui avait plu de me donner.

— Oui, répondit Richelieu, de rejoindre l'armée; je le sais. Il est vrai, poursuivit-il, que si vous aviez été plus prompt à l'exécuter, au lieu d'errer dans le château où vous n'aviez que faire, M. le Grand n'aurait pas eu la fantaisie de vous envoyer à la Bastille.

— Dont, grâce à Votre Eminence, sans doute, les portes m'ont été ouvertes ce matin.

— C'est, en effet, moi qui vous ai fait sortir, pour vous confier une mission qui exige de l'adresse, de la promptitude, et surtout de la discrétion.

« Je dis « surtout », car, hormis vous et moi, nul ne doit connaître cette mission.

« Je ne vous adresserai pas de questions sur ce qui s'est passé lors de l'affaire de Massy, reprit le cardinal.

« Il me suffit de savoir que vous avez porté au château de Verrières une femme évanouie et un enfant endormi.

Cyrano inclina la tête en signe d'affirmation.

— Cet enfant, vous savez où il est?

— Je suppose qu'il est toujours où je l'ai conduit.

La figure du cardinal se rembrunit.

— Il n'y est plus, reprit-il, vous ne l'ignorez pas.

— Si, monseigneur, sur ma foi.

Il y avait tant de sincérité dans l'esprit du jeune homme que le ministre reprit son air bienveillant.

— Je veux vous croire. Mais un gentilhomme avisé comme vous l'êtes retrouverait facilement sa trace.

« C'est la mission que je vous confie. Partez, trouvez cet enfant à tout prix, emparez-vous de lui — cet ordre vous couvre, continua-t-il en tendant un papier à Cyrano.

« Dès que vous l'aurez en votre possession, ramenez-le à franc étrier et apportez-le-moi ici, dans ce cabinet, de telle façon que personne au monde en ait le soupçon.

Le cardinal allait congédier Cyrano, mais se ravisant:

— Attendez-moi, lui dit-il; et il disparut par la porte qui venait de s'entr'ouvrir.

Resté seul, Cyrano promena ses regards autour de lui et les fixa sur la table de travail du ministre.

Grâce à sa vue perçante, il put lire quelques mots qui lui semblèrent suggestifs:

« La Senoras de Cas... agent secret du comte duc d'Olivarès... Salamanca... Hôtellerie de Bourg-la-Reine avec M. le Grand et le marquis de Fontrailles... »

Le papier replié l'empêcha d'en lire davantage.

— Tiens, tiens, se dit le Gascon, Cinq-Mars conspire et le cardinal en est averti.

Tout entier à ses réflexions, Cyrano n'avait pas entendu rentrer Richelieu.

Un air de satisfaction se peignait sur sa figure qui, habituellement pâle, était légèrement colorée.

En effet, Richelieu venait d'éprouver une violente émotion.

Le dauphin, qu'il croyait agonisant, était sauvé.

Tout était changé.

Au lieu de faire venir le frère jumeau du dauphin, il fallait l'éloigner au plus tôt et le placer en lieu sûr.

Mais, pour une mission de cette nature, Cyrano n'était plus l'homme nécessaire.

— On pourrait le remettre à la Bastille, insinua le père Joseph. De cette façon on serait assuré...

— De rien du tout, interrompit brusquement Richelieu. Laissez-moi faire à ma guise.

« Monsieur Cyrano, dit-il au jeune homme qui se tenait dans une attitude respectueuse, une nouvelle que je viens de recevoir modifie mes projets, sans rien changer de mes sentiments bienveillants envers celui qui en était l'objet, ni envers vous.

« Je vais vous en donner la preuve.

« Après que vous m'aurez donné votre parole de gentilhomme d'oublier tout ce qui vient de se passer entre nous et d'en garder l'inviolable secret, vous allez donner suite à votre départ pour l'armée, si fâcheusement interrompu.

« J'ai votre parole? interrogea Richelieu.

— Oui, monseigneur, une parole à laquelle je n'ai jamais manqué.

— Je n'en doute pas. Partez donc sans retard. La bourse que je vous ai donnée servira à votre équipement. Surtout gardez-vous de chercher noise à M. le Grand, ni à qui que ce soit, et faites en sorte que votre présence à Saint-Germain ne soit pas remarquée. Allez.

Cyrano s'orienta.

Il était sur une des terrasses servant d'assises au Château-Neuf, et que l'on réparait en ce moment.

Tout en contemplant les travaux d'un œil distrait, Cyrano se disait qu'il voudrait bien avant de s'éloigner revoir Diane de Lucé, et prévenir Jolivet... Comme Cyrano songeait, il vit au bas de la terrasse un jeune marmiton qui remontait lentement la rampe.

A ses yeux vifs, à sa mine éveillée, le Gascon jugea qu'il s'acquitterait intelligemment d'une commission.

Rapidement, il déchira une feuille de ses tablettes et y griffonna quelques mots.

Puis, fouillant dans sa poche, il en tira une pièce d'argent.

— Eh! mon gentil garçon, lui dit-il d'un air affable, maître Jolivet est-il de service?

— Oui, mon gentilhomme.

— Eh bien, si tu veux lui porter ce mot de la part d'un compatriote, cette jolie pièce est pour toi.

Le marmiton ne se fit pas prier.

Le Gascon avait deux heures à dépenser avant le rendez-vous assigné à Jolivet.

Ces deux heures, il allait les employer à se restaurer d'abord, ensuite à s'équiper.

Son repas terminé et sa dépense réglée, il se dirigea vers la boutique d'un armurier.

Il fit l'emplette d'une paire de pistolets d'arçons. En plus, il prit pour Jolivet une dague de Milan, dont la lame lui parut à l'épreuve.

Ainsi armé, Cyrano se mit à la recherche d'un maquignon.

Là, le gentilhomme fit l'achat d'un beau cheval mecklembourgeois plein de feu et d'un bidet normand d'allures pacifiques pour Jolivet.

Ces soins pris, les deux heures étaient à peu près écoulées, Cyrano gagna le lieu du rendez-vous.

Il y avait quelques minutes que le jeune homme y faisait les cent pas, lorsqu'il vit se profiler au bout de la sente la silhouette de Jolivet.

Du plus loin que le brave garçon aperçut son maître, il se mit à courir.

— Ah! mon maître! Ah! monsieur Savinien!

— Veux-tu te taire, animal! Si l'on t'entendait!

— Mais comment êtes-vous ici? Moi qui vous croyais enfermé!

— Je te le dirai plus tard. C'est de Diane qu'il s'agit. Je veux la voir avant de partir.

— Ah! nous partons, dit Jolivet, à qui il ne pouvait entrer en l'idée que son maître s'éloignât sans lui.

— Oui, je t'emmène à l'armée.

— Ah! à l'armée, reprit le domestique subitement pensif. Puis, après une pause:

— Eh bien! va pour l'armée, fit-il d'un ton décidé.

— Mais, auparavant, il faut que je voie Mlle de Lucé. Comment faire?

— A cette heure, c'est difficile, répondit Jolivet. Mlle Diane est chez la reine. Mais comme le dauphin a la rougeole, j'en conclus qu'il n'y aura pas de réunion ce soir chez Sa Majesté et que Mlle de Lucé sera libre, après le service ordinaire, bien entendu.

— C'est-à-dire?...

— Vers neuf heures du soir. A cette heure, lorsqu'elle n'est pas retenue auprès de Sa Majesté, Mlle Diane va souvent faire sa promenade favorite et, quand j'y devrais perdre mon nom, vous verrez Mlle Diane. Donc, à neuf heures, à la mare du Héron.

— C'est dit.

En effet, après avoir mélancoliquement erré dans la campagne, Cyrano alla prendre livraison de ses chevaux et, à l'heure indiquée, il pénétrait dans la clairière, masquée par de hautes futaies et qui devait son nom à un minuscule étang.

Inquiet, il sonda du regard l'épaisseur des fourrés, prêtant l'oreille aux mille bruits de la nature.

Enfin, il lui sembla entendre un pas rapide et léger fouler les feuilles que l'automne avait déjà détachées.

Une apparition sembla glisser vers lui, et l'instant d'après il serrait dans ses bras, à la fois heureuse et tremblante, Diane de Lucé.

Engagé par la parole donnée au cardinal, il tut la mission que le ministre lui avait un instant confiée; mais il ne put se garder de lui demander si elle connaissait la retraite de l'enfant sauvé par lui.

— Je l'ignore, répondit la jeune fille, et n'ai point osé m'en informer.

Tout ce que je puis vous dire, c'est que, prétextant le mauvais état de sa santé, la comtesse d'Andigny a obtenu un congé de la reine pour passer les derniers beaux jours chez des parents de sa mère, au château de Pontarmé.

— Où prenez-vous Pontarmé? demanda Cyrano.

— Sur la route de Senlis, je crois, à l'orée de la forêt de Chantilly.

— C'est le chemin de la Flandre, s'écria le Gascon; je pourrai savoir alors de ses nouvelles. Vous ne sauriez croire combien le sort de cet enfant m'intéresse.

— Vous êtes si bon!

En ce moment l'horloge tinta dix heures.

Diane tressaillit.

— Adieu, Savinien, fit-elle en lui étreignant les deux mains, je devrais être rentrée au château, et si cette assurance peut fortifier votre âme, sachez-le: je vous aime!

Eperdu de bonheur, Cyrano pressa la jeune fille qui s'abandonnait innocemment.

Tout à coup, il vit Jolivet bondir dans l'ombre sur un objet qu'il ne put distinguer.

Puis il entendit un cri rapidement étouffé, le bruit d'une lutte.

— Ne bougez pas, recommanda-t-il à Diane terrifiée.

Et il s'élança au secours de son valet.

Celui-ci tenait un homme sous son genou, lui appuyant une main sur la bouche, et de l'autre tâchant de paralyser ses mouvements.

Avec l'aide de son maître, le robuste Jolivet eut bientôt maîtrisé son adversaire, qu'il ligota solidement avec une cordelette sortie de sa poche et bâillonna avec sa cravate.

Ensuite, rabattant son feutre et se cachant le visage, Cyrano ordonna à Jolivet d'allumer son briquet.

A la lueur incertaine de l'amadou, avivé par le souffle de son valet, Cyrano reconnut au premier coup les yeux pétillants de l'agent du père Joseph.

C'était, en effet, l'homme connu sous le nom de Perchepin qui dardait son regard avide sur ce qu'il pouvait découvrir du jeune homme.

Cyrano s'en aperçut, jeta l'amadou et l'éteignit sous son pied.

— Pourvu qu'il ne m'ait pas reconnu! murmura-t-il.

Jolivet porta la main à son poignard.

— Je puis le rendre muet, dit-il.

— Un homme sans armes, tu n'y penses pas, Jolivet.

Celui dont il était question suivait ce dialogue tenu à voix basse avec un intérêt fort excusable.

Lorsqu'il fut certain que sa vie était sauve, il exhala un soupir de satisfaction.

Il en serait quitte pour une nuit passée à la fraîcheur et une semonce du père Joseph.

En effet, s'il avait cru reconnaître le gentilhomme, il n'avait pas eu le temps d'apprendre qui se trouvait avec lui.

Guidée jusqu'à la ville par Jolivet, Diane devait être rentrée au château sans qu'on se fût aperçu de son absence.

Puis, les deux hommes avaient conduit leurs chevaux par la bride jusqu'à la route. Là, ils avaient enfourché leurs montures et étaient partis au grand trot dans la direction de Pontoise.

IV

L'ATTAQUE

Tout en cachant son jeu sous une austérité et une humilité de commande, le père Joseph ne visait rien moins que la pourpre cardinalice, qui l'aurait rendu l'égal de Richelieu.

Dans ce but, il s'était insinué dans l'esprit inquiet et dévot de Louis XIII.

En reconnaissance de tous ces soins, le roi avait fait faire des démarches à Rome afin d'obtenir la barrette pour le père Joseph.

Richelieu, très bien informé de tout ce qui se passait dans les chancelleries, eut vent de ces démarches, et, ne se souciant pas d'élever un rival, contrecarra les efforts tentés en sa faveur.

Le père Joseph s'en aperçut à son tour et en conçut au fond de son âme de prêtre un profond ressentiment.

Le cardinal, en accordant un semblant de faveur à Cyrano, avait été à l'encontre des vues de l'Eminence grise.

Il n'en fallait pas davantage pour que le franciscain mît tout en œuvre pour sa perte.

Aussi, à peine le Gascon fut-il sorti du cabinet de Richelieu qu'il chargea Perchepin, un capucin retors, le plus habile et le plus actif de ses agents, de l'épier.

Perchepin avait une revanche à prendre, il jura au père Joseph qu'il n'y manquerait pas.

Rejoignons à présent Cyrano et Jolivet qui, après s'être reposés une partie de la nuit et s'être restaurés dans une auberge de Beaumont, s'étaient remis en route dès l'aube.

Bientôt, ils aperçurent sur la gauche, au delà de la Thève, le profil imposant du vieux château de Pontarmé.

Cyrano avait atteint le but de son voyage.

— Madame, fit en s'inclinant respectueusement le jeune homme, dès qu'il fut introduit en présence de la châtelaine, je ne me serais pas permis de troubler votre tranquillité, si un intérêt pressant ne m'obligeait à entretenir une personne à qui vous avez, je crois, offert l'hospitalité ou dont vous pourrez m'indiquer la retraite.

— Vous pouvez nommer Mme d'Andigny.

— C'est de la comtesse, en effet, que j'ai voulu parler.

— Vous allez la voir. C'est à elle que vous devez d'être reçu, car je vis très isolée.

Comme elle prononçait ces derniers mots, la porte s'ouvrit pour laisser passage à la blonde comtesse, qui, rougissante et souriante, arrivait les deux mains tendues vers Cyrano.

— Quoi, dit-elle, mon sauveur à Pontarmé?

— Oui, madame. En route pour l'armée, j'ai cru devoir m'arrêter pour vous prévenir qu'un danger, peut-être pas immédiat, mais prochain, pourrait menacer l'être innocent au salut duquel vous vous êtes dévouée.

— Quoi, le cardinal aurait découvert?

— Richelieu ignore encore votre demeure et je ne le crois pas, pour le moment du moins, animé de mauvaises intentions, mais son âme damnée...

— Le père Joseph! Connaîtrait-il mon refuge?

— Le danger n'est pas imminent. Son espion a perdu ma trace, mais...

— Où me réfugier alors?

— A l'armée, auprès du général d'Andigny, sous les ordres duquel je vais servir.

— Vous n'y pensez pas, monsieur de Cyrano, s'écria la jolie blonde. Comment expliquer à mon mari la présence de cet enfant?

— Aussi, madame, n'ai-je point prétendu que vous conduisiez dans le camp français une aussi jeune recrue.

« Votre présence même y est impossible. Mais vous logerez dans la ville à peu de distance, et il vous sera facile de placer non loin de vous votre petit protégé. D'ailleurs, vous aurez auprès du général un serviteur qui m'aidera dans la tâche de veiller sur ce précieux enfant.

— Oui, reprit Mme d'Andigny, dont les joues se couvrirent d'une vive rougeur, M. de Maniban nous est très dévoué.

« Je partirai donc, fit la jeune comtesse, quoique voyager seule... Ah! si vous m'accompagniez, continua-t-elle en se retournant vers Cyrano.

— Mais je ne l'entends pas autrement, repartit vivement le jeune homme.

— Oh! en ce cas, je ne crains plus rien, s'écria Mme d'Andigny, vous valez un escadron.

— Mais, reprit Cyrano qu'embarrassaient ces éloges, il serait nécessaire de presser votre départ. Mon retard pourrait éveiller des soupçons; puis je crains que vous ne soyez l'objet de quelque tentative.

« Seule, vous pourriez m'accompagner à cheval, car vous êtes une intrépide amazone. Mais il faut une litière pour l'enfant, des chevaux de trait.

— J'ai tout cela, répondit la châtelaine, mais deux jours au moins seront nécessaires pour mettre la voiture en état.

— Soit, dit Cyrano, deux jours, après lesquels nous ferons toute la diligence possible pour regagner le temps perdu.

Le soir du second jour, Cyrano devisait dans un salon du rez-de-chaussée avec les deux dames, lorsque le vieil homme de confiance de la châtelaine vint l'avertir à voix basse que son valet voulait l'entretenir d'une affaire qui ne souffrait pas de retard.

On le fit entrer.

Jolivet, tournant gauchement son chapeau, semblait hésiter.

— Tu peux parler, lui dit son maître, je n'ai point de secrets.

— Eh bien, monsieur Savinien, à la brume, j'étais allé sur la lisière du bois prendre un peu l'air. J'étais penché, occupé à cueillir des fraises, à demi caché dans les broussailles, lorsqu'il m'a semblé entendre qu'on parlait à voix basse. Je me suis tapi dans un fourré, et j'ai écouté. Ceux qui parlaient se sont rapprochés, alors j'ai entendu qu'ils parlaient du château. Ils étaient armés et vêtus comme des coupeurs de bourses, mais ils n'en avaient pas le langage. Au loin, dans le bois, j'ai entendu hennir un cheval. Deux d'entre eux, dont un semblait commander à l'autre, se sont approchés du château et l'ont examiné.

« Celui qui paraissait le chef a fait remarquer à son compagnon une fenêtre basse où il n'y a point de barreaux.

« — Cette porte ne me paraît pas très épaisse, disait-il. Avec un pétard, on en aura raison. »

« L'autre a répondu quelques mots qui se sont perdus, mais le premier a repris :

« — Ainsi, c'est entendu. Cinq hommes à l'estacade, trois à la fenêtre et autant à la tour. »

— C'est celle de la tour de l'ouest, dit la châtelaine très émue.

— C'est une attaque projetée, il n'y a pas de doute, reprit Cyrano.

— Oh ! mon Dieu ! fit la jeune comtesse dont le visage avait pâli.

— Ne craignez rien, madame, lui dit le Gascon de l'air le plus tranquille. Puisque cette expédition devait être tentée, il est préférable qu'elle ait lieu avant notre départ.

« Voyons, madame, reprit Cyrano en s'adressant à la douairière, combien avez-vous de domestiques en état de nous seconder ?

— J'ai mon intendant, il a fait la guerre avec mon mari et, bien que vieux, il saura remplir son devoir ; puis le jardinier, que je ne crois pas très brave, et le domestique que vous avez vu.

— Trois en tout ; c'est bien assez. Nous utiliserons notre vieux guerrier sans trop l'exposer, les autres chargeront les armes. A propos, en avez-vous ?

— Oh, oui ! fit la châtelaine. Un cabinet en est rempli.

— Maintenant, mesdames, toute précieuse que m'est votre présence, je vais vous prier de m'abandonner le château et de vous barricader avec vos femmes dans la pièce la plus retirée.

Puis s'adressant à l'intendant :

— Conduisez-moi au cabinet des armes.

Il choisit en connaisseur plusieurs arquebuses qui lui semblèrent en bon état, des piques, une corne remplie de poudre et un sac de balles.

Dans le calme de la nuit, le silence n'était interrompu que par le murmure des eaux de la Thève, l'aigre coassement des grenouilles dans les fossés, ou, parfois, le hululement plaintif d'un oiseau de nuit.

Au cours de la lune, sur laquelle passaient, poussés par le vent, des nuages frangés d'argent, le jeune homme supputa qu'il pouvait être minuit.

Tout à coup, comme l'astre reparaissait, il vit surgir sur l'autre bord de la rivière une ombre, puis deux ; il en compta jusqu'à cinq.

Ce n'était pas son compte, il en fallait un sixième.

Il l'aperçut enfin portant un paquet assez gros.

Sans doute c'était un engin destiné à renverser la porte qui l'abritait.

Cyrano saisit une des arquebuses placées à sa portée, en appuya la fourche sur le bord d'une pierre et visa soigneusement le dernier venu.

Un éclair raya la nuit, une détonation retentit et l'homme, ouvrant les bras, tomba la face contre terre.

— Et d'un, murmura Cyrano, voyant que le blessé ne faisait aucun mouvement.

Deux détonations répondirent à son coup d'arquebuse. Puis s'éleva une clameur furieuse, et les assaillants se précipitèrent sur l'estacade.

Celui qui courait en avant jeta contre la porte un pétard qu'il venait d'allumer.

Le Gascon n'eut que le temps de lâcher son second coup d'arquebuse et de se rejeter en arrière, pour n'être pas écrasé sous les débris de la porte.

Ebranlée sous l'effort des assaillants, la porte s'abîma dans la cour avec un grand fracas, et les assaillants s'élancèrent en avant.

Cyrano cassa la tête du premier d'un coup de pistolet et, s'adossant l'épée nue à la porte intérieure, attendit l'assaut des quatre adversaires qui lui restaient.

Trois seulement d'entre eux l'assaillirent l'épée haute ; le quatrième, probablement blessé par son arquebusade, s'était assis sur une pierre.

— Comment ! marouffles, leur cria le Gascon, vous n'êtes que trois pour attaquer Cyrano de Bergerac !

A ce nom redouté, les trois hommes eurent un instant d'hésitation.

Le jeune homme en profita pour trouer la gorge de celui qui le serrait de plus près.

Les deux survivants poussaient vivement le Gascon.

Mais dans la main de Cyrano, la terrible rapière était un mur d'acier.

Cependant le Gascon n'était pas d'humeur à rester sur la défensive.

Lorsqu'il trouva un jour pour frapper, son bras se détendit comme un ressort et l'un des deux adversaires poussa un cri de rage.

Tout en ferraillant, Cyrano vit le blessé qui s'était assis se relever, puis briller la mèche d'une arquebuse.

Instinctivement, il se courba. Ce fut son salut.

La balle emporta son feutre, le laissant tête nue.

Soudain, poussant un rugissement, il fit un bond en avant et sa rapière disparut tout entière dans la poitrine d'un de ses adversaires, tandis que l'autre, pensant le transpercer, planta si fortement son épée dans la porte de chêne qu'il resta désarmé.

Cyrano ne put retenir un ricanement.

— Rends-toi, maraud, ou tu es mort ! lui cria-t-il.

Jetant son poignard, l'homme se précipita à ses genoux.

Sans s'occuper de lui, le Gascon bondit sur le blessé qui rechargeait son pistolet.

Du pommeau de son épée, il le lui fit sauter des mains, puis lui mettant la pointe sur la gorge, il le ramena près de l'autre.

En même temps, la porte s'ouvrit et Jolivet parut.

— Ecrabouillés, enfoncés ! cria-t-il en faisant voltiger sa pique comme une baguette de noisetier.

— Assure-toi de ces deux prisonniers, mais ne leur fais pas de mal, ordonna Cyrano. Il doit y avoir ici des cachots, qu'on les y enferme séparément et solidement liés. Il est important qu'aucun d'eux ne s'échappe.

— Ah ! bien, il y en a un qui s'est jeté dans le bois en voyant occire ses compagnons, et je crois bien que c'est leur chef. Voulez-vous que je coure après lui ?

— Non, répondit Cyrano, en s'élançant vers l'estacade, j'ai de meilleures jambes que toi.

En quelques bonds le jeune homme eut franchi les fossés, contourné le château, et se jeta dans le bois, cherchant la piste du fugitif.

En sa course folle, il atteignit un chemin tracé. Cette voie, qui s'éloignait du château, avait dû séduire son homme. Il s'y engagea résolument.

Bientôt, sa persévérance fut récompensée. Courant sur une allée sablonneuse, c'est à peine s'il entendait ses propres pas. Tout à coup, il lui sembla voir une ombre se mouvoir devant lui.

Il redoubla de vitesse.

Mais le fugitif avait l'oreille fine. Avant que Cyrano eût pu l'atteindre, il avait fait un bond de côté et dégainé.

C'est ce qu'attendait Cyrano, dont la robuste poigne lia l'épée de son adversaire et d'un coup sec l'envoya à dix pas. Se précipitant alors sur l'inconnu, le Gascon l'enlaça de ses bras vigoureux, cherchant à le renverser.

Tout en luttant, l'autre avait réussi à tirer de sa ceinture un petit poignard affilé comme une aiguille.

Rapidement il en frappa Cyrano.

Mais la lame rencontrant sa boucle de ceinture se brisa comme verre. Cet essai lui fut fatal.

— Ah ! traître ! cria le Gascon, dont les doigts de fer le saisirent à la gorge.

Sous cette pression violente, le misérable suffoqua, essaya de dénouer la main qui l'étranglait et, finalement, s'abattit à moitié étouffé.

Sans perdre un instant, Cyrano lui lia les mains derrière le dos au moyen de sa propre cravate et, ce soin pris, desserra son col pour lui permettre d'aspirer l'air dont il l'avait privé.

Au bout d'une minute, l'homme respira longuement, puis ouvrit les yeux.

— Allons, lève-toi ! lui commanda rudement le Gascon en le tirant par le bras ; tu es mon prisonnier.

Il s'agissait de revenir au château sans lâcher le vaurien.

Il y avait quelques minutes que les deux hommes marchaient en silence, lorsque le Gascon vit briller des lumières à travers les arbres.

— Seraient-ce d'autres assaillants ? se demanda Cyrano.

Mais il fut bientôt détrompé en entendant hurler à pleine voix une chanson de Gascogne.

C'était Jolivet qui s'était mis à sa recherche à la tête de paysans armés de torches.

— Tiens, garde-moi ce coquin-là, lui dit le Gascon, et veille à ce qu'il ne s'échappe pas.

Au même moment, des paysans rejoignaient Cyrano avec leurs torches enflammées.

La lumière portant en plein sur le visage du prisonnier, il ne put retenir un geste de surprise.

— Perchepin! murmura-t-il entre ses dents, la capture est bonne et je sais maintenant d'où vient le coup.

L'agent secret de l'Eminence grise eut les honneurs d'un cachot spécial dans les souterrains du château de Pontarmé, avec expresse recommandation de veiller à ce qu'il ne prît pas la clef des champs.

— Puis, après que Cyrano eut reçu les félicitations des deux dames, chacun alla prendre un repos bien gagné, et d'autant plus nécessaire que le départ était fixé pour le lendemain.

V

LE SAUF-CONDUIT

On ne voyageait alors ni rapidement ni avec toutes ses aises. Cependant, le matin du troisième jour, la litière, escortée par Cyrano et Jolivet, était arrivée sans encombre aux environs d'Amiens.

La lourde machine s'était arrêtée près de Boves, un gros bourg picard, à la porte d'une maison d'assez bonne apparence, qu'une branche de pin désignait comme une auberge.

Cyrano se préparait à sortir, lorsque son attention fut éveillée par le bruit de nombreux chevaux et le cliquetis des armes.

Il courut à la porte et vit, non sans une cruelle angoisse, la litière entourée par des cavaliers de la maréchaussée, dont le chef, le chapeau à la main, parlementait avec Mme d'Andigny.

D'un coup d'œil, le jeune homme jugea la situation.

Il ne fallait pas songer à résister par la force, aussi fit-il appel à toute la diplomatie dont il était capable.

— De quoi s'agit-il, monsieur l'officier? demanda-t-il.

— J'ai le regret, répondit poliment ce dernier, d'avoir à exécuter un ordre qui vous concerne.

— Moi?

— Vous-même, monsieur Cyrano de Bergerac, et les personnes qui sont avec vous.

— Il doit y avoir erreur, monsieur, reprit le Gascon, sans se départir de sa courtoisie.

— Aucunement, monsieur le baron; l'ordre du gouverneur, dont je suis muni, m'enjoint bien de m'assurer de votre personne et de vos compagnons.

Voyant qu'il se butait à une consigne, Cyrano se contenta de répondre:

— J'aurais mauvaise grâce de discuter avec vous, monsieur, mais si vous voulez bien nous conduire auprès de M. le gouverneur d'Amiens.

— C'est précisément ce dont je suis chargé.

Et la caravane reprit le chemin de la ville, dans laquelle elle pénétra par le faubourg de Noyon.

M. de Louvencourt, qui exerçait par intérim les fonctions de gouverneur, ne devant se trouver à l'hôtel de ville que dans la journée, Cyrano fut conduit avec Jolivet dans la tour du Beffroi, qui servait alors de prison civile, tandis que Mme d'Andigny, ainsi que la nourrice portant l'enfant, étaient provisoirement confiées aux soins des dames bénédictines nouvellement installées à Amiens.

Le Gascon s'impatientait de ces longueurs.

Or, en fouillant dans sa bourse pour payer au guichetier le repas qu'il venait de prendre avec Jolivet, il sentit le froissement d'un papier. Ce fut un trait de lumière.

Au milieu des péripéties émouvantes qui avaient précédé et accompagné son voyage, il avait totalement oublié qu'il était encore détenteur du précieux papier que le cardinal avait négligé de lui reprendre. C'était le salut.

M. de Louvencourt vint le recevoir à la porte de son cabinet.

— Comment diable, monsieur Cyrano, vous trouvez-vous en ce pays, sous le coup d'un mandat d'arrêt, alors que je vous croyais à Paris, humant le piot et devisant de poésie avec nos amis de la « Pomme de Pin »?

— Parce que, mon cher monsieur de Louvencourt, le roi daigne m'envoyer à l'armée pour accomplir une mission secrète.

— En ce cas, je ne m'explique pas qu'il vous fasse arrêter.

— Quelque ennemi aura surpris une lettre de cachet.

— Ce n'en est pas moins très désagréable pour nous. Me voici, car l'ordre est formel, obligé de vous renvoyer sous bonne escorte à Paris avec votre compagnie.

— Vous n'aurez pas cette peine-là, répondit en riant Cyrano. Prévoyant ce qui arrive, je m'étais muni d'un talisman qui doit m'ouvrir toutes les portes.

En voyant la signature royale, le gentilhomme s'inclina.

— Mais, en effet, dit-il, rien n'y manque; mais pourquoi n'avez-vous pas exhibé ce papier à l'officier de la maréchaussée?

— Ne vous ai-je pas dit, reprit Cyrano en baissant mystérieusement la voix, qu'il s'agit d'une mission particulière? Je ne pouvais me confier à ce simple officier. Force était de venir devant le gouverneur de la ville d'Amiens. Le bonheur a voulu que vous tinssiez sa place.

— Et je m'en félicite, monsieur Cyrano. Inutile d'ajouter, non seulement que vous êtes libre, mais la personne que vous accompagniez...

Ici, M. de Louvencourt prit un air malin.

— Oh! fit le Gascon, ce n'est pas ce que vous croyez.

« Au fait, sous le sceau du secret, je puis vous dire ce dont il s'agit. C'est une réconciliation matrimoniale que le roi a désirée et dont il a daigné me confier l'exécution.

« Le général d'Andigny était en froid avec sa femme; Sa Majesté, dont vous connaissez les vertus austères, n'a pu souffrir que deux époux vécussent ainsi séparés; et lorsque le roi témoigne un désir, c'est un ordre.

— Ah! ah! voilà qui est tout à fait édifiant! s'écria M. de Louvencourt, et le rôle doit vous paraître nouveau.

— Mais comme cette charmante femme doit se morfondre avec les Bénédictines dont elle est la commensale obligée, vous me permettrez d'aller la délivrer.

— Je ferai mieux, je vais vous accompagner jusqu'au couvent et tout disposer pour que vous puissiez reprendre votre route.

— Mais j'y pense, reprit Cyrano. Pareille aventure peut encore nous arriver avant le terme de notre voyage.

« Or, mon sauf-conduit m'autorise à requérir la force armée.

— Parfaitement, vous en avez le droit.

— En ce cas, poursuivit Cyrano, je vous requiers de mettre à ma disposition, pour me servir d'escorte, l'officier de maréchaussée qui nous a conduits à Amiens avec le nombre de cavaliers nécessaires.

— C'est une excellente idée, répondit le gentilhomme, en écrivant l'ordre à la hâte.

Une heure plus tard, la petite troupe, cette fois escortée de la maréchaussée, sortait de la ville et s'engageait sur la route d'Arras, pour aller gîter à Bray.

Le lendemain, en faisant halte à Albert pour se reposer, après que leur escorte les eut quittés, les voyageurs apprirent que l'armée avait ses campements au delà d'Achiet, sur le territoire de Boileux, Arras étant au pouvoir du cardinal-infant.

La première chose à faire était donc de mettre l'enfant en sûreté dans une des localités voisines, la moins exposée aux hasards de la guerre.

Le résultat des investigations auxquelles se livrèrent Cyrano et Mme d'Andigny fut que, deux heures plus tard, l'enfant et sa nourrice étaient placés chez de braves gens, les plus riches cultivateurs de Croisilles, et que Mme d'Andigny avait installé ses bagages au premier étage d'une modeste hôtellerie.

Ces soins pris, la comtesse remonta dans sa litière, et, escortée de Cyrano et du fidèle Jolivet, se dirigea vers le camp français, dont les tentes s'alignaient blanches sous le soleil d'automne, les drapeaux et les guidons flottant joyeusement au vent.

A l'entrée du camp, Cyrano mit pied à terre, aida galamment la comtesse à descendre de sa litière.

En approchant de la tente du général, ils entendirent à travers la toile le choc des verres, au milieu des rires suscités par une chanson gaillarde, dont le refrain très salé augmentait encore la joie des convives.

— Il ne s'ennuie pas, monsieur mon époux, dit tout bas Mme d'Andigny.

— C'est-à-dire qu'il noie son chagrin, répliqua Cyrano.

Et les deux voyageurs parurent à la porte de la tente.

La sentinelle, fidèle à sa consigne, en barra le passage.

Presque aussitôt, on vit apparaître, la serviette à la main et la figure légèrement animée, un jeune officier.

— Cyrano! s'écria-t-il.

— Maniban!

Et les deux hommes s'étreignirent.

— Mais, reprit M. de Maniban, remarquant seulement que son ami était accompagné d'une dame, vous n'êtes pas seul?

— Quoi, monsieur, dit alors Mme d'Andigny, vous ne reconnaissez pas la femme de votre général?

— Oh! madame, balbutia-t-il, aurais-je pu m'attendre...

Bien que pour d'autres motifs, la surprise du général en voyant paraître sa femme ne fut pas moindre que celle de son aide de camp.

— Par Bacchus! s'écria-t-il, c'est la comtesse, j'allais dire Vénus, ajouta-t-il en baisant la main de sa femme.

Tous les convives s'étaient levés.

— Général, dit la jeune femme en se retournant vers Cyrano, qui se tenait discrètement en arrière, laissez-moi vous présenter le baron Cyrano de Bergerac, qui a bien voulu veiller sur moi pendant ce voyage, à qui Sa Majesté a donné une commission d'officier. M. de Bergerac espère qu'à ma recommandation il pourra servir sous vos ordres.

— Mais comment donc! fit le général en tendant la main

au Gascon; trop heureux de remercier ainsi M. le baron, dont je resterai l'obligé.

— Plus encore que vous ne le croyez, lorsque vous connaîtrez les services qu'il m'a rendus.

— Oh! madame, je vous en prie, ne parlez plus de cela, intervint Cyrano.

Lorsque le général et Mme d'Andigny se trouvèrent seuls, celle-ci fit à son mari le récit que connaît le lecteur, en appuyant sur la bravoure et le dévouement de Cyrano, et omettant ce que son mari devait ignorer.

Le général aimait avant tout la tranquillité, il devint soucieux en apprenant que sa femme était mêlée à des intrigues de cour qui pourraient troubler le calme de sa vie.

Pourtant, en vieux soldat, qui se connaissait en bravoure, il ne put retenir son admiration pour les exploits de Cyrano.

VI

LES TRAVAUX D'HERCULE

Grâce à la bourse du cardinal, Cyrano avait pu compléter son équipement et fêter sa bienvenue en compagnie de ses nouveaux camarades.

Avec sa vive intelligence, Cyrano s'était mis rapidement au courant de ses fonctions et prenait au sérieux son nouvel état. Il ne quittait guère le camp que pour aller à Croisilles, sous le prétexte de voir si la jolie comtesse n'avait pas reçu des nouvelles de Diane, et pour visiter son protégé qui croissait à vue d'œil.

Il jurait en lui-même de faire deux parts de sa vie, l'une pour aimer Diane, l'autre pour veiller sur le fils d'Anne d'Autriche.

Un jour que, rempli de ces pensées, Cyrano sortait de la maison, tout heureux que l'enfant lui eût souri pour la première fois, il lui sembla voir un homme qui l'observait se dissimuler derrière un pan de mur.

Il y courut, mais de quelque côté qu'il se tournât, il lui fut impossible de le découvrir.

Ce qui le tourmentait c'est que, si peu de temps qu'il eût entrevu l'inconnu, il lui avait semblé reconnaître la tournure de M. d'Avezac, l'un des officiers d'ordonnance de M. d'Andigny.

De retour au camp, il s'informa négligemment de lui à l'un de ses camarades qui lui répondit qu'il était de garde aux tranchées.

Ce poste n'étant pas de ceux que l'on peut abandonner, Cyrano essaya de se persuader qu'il s'était trompé, mais un doute subsista dans son esprit.

Un incident vint réveiller ses soupçons.

Comme il causait quelques jours après avec Jean de Manibán, il vit de loin le mystérieux individu qui sortait du camp.

Saisissant le bras de son ami:

— Connais-tu cet homme? lui demanda-t-il.

Jean se prit à rire.

— Perds-tu la raison? C'est Hercule d'Avezac.

— Sous ce grand manteau?

— Il le met souvent pour aller en permission. Il doit avoir quelque galante intrigue dans les environs.

— Plus de doute; c'était lui, pensa Cyrano; et son intrigue amoureuse consiste à m'espionner; mais pour le compte de qui? C'est ce que j'éclaircirai.

Précisément, le même soir, plusieurs officiers se réunissaient chez le cornette du régiment où l'on jouait assez souvent.

Lorsque Cyrano fit son entrée avec Maniban, Hercule d'Avezac tenait la banque avec assez de bonheur, car l'or et l'argent s'entassaient devant sa place.

Le Gascon s'approcha de la table.

— Il y a cinq pistoles.

— Je les tiens, dit Cyrano en jetant son argent sur la table.

Le banquier gagna.

— Continuez-vous? demanda d'Avezac.

— Parbleu! fit Cyrano en posant dix pistoles.

Cette fois encore la chance fut pour le banquier.

— Doublons! fit le Gascon.

— Non, répondit d'Avezac en ramassant l'argent entassé devant lui; il y a assez longtemps que je tiens la banque, je passe la main.

— La prudence est une demi-vertu, dit Cyrano d'un ton ironique.

— Qu'entendez-vous par là? interrogea Hercule d'un air provocant.

— Allons, messieurs, messieurs, je vous en prie, intervint le maître de la tente d'un ton conciliant.

— Laissez donc, mon cher, reprit d'Avezac d'un ton dédaigneux, ce jeune homme cherche une leçon.

— Oui, appuya le Gascon d'un air goguenard, une leçon d'escrime.

— Il fait une peu sombre à cette heure, fit observer son adversaire, mais demain matin, si vous voulez...

— Pourquoi pas tout de suite, demanda Cyrano, aux chandelles?

— Soit, répondit d'Avezac, puisque vous êtes si pressé.

A Maniban qui lui demandait tout bas quelle mouche l'avait piqué:

— Je te le dirai plus tard, répondit Cyrano; en attendant, regarde bien ce vilain bonhomme, car demain tu ne le verras plus.

— Il y a donc autre chose?

— Il y a que cet homme tient mon secret, et qu'il faut qu'il meure avant de l'avoir vendu.

— Prenons-nous des seconds? demanda Hercule.

— A quoi bon? répondit le Gascon, pour une leçon d'escrime, la galerie suffit.

Une petite clairière gazonnée parut un endroit propre au combat.

Les deux épées furent engagées.

D'Avezac avait sur le Gascon l'avantage de la taille et passait pour une des épées les plus redoutables de l'armée.

Il croyait avoir facilement raison de son jeune adversaire. Aussi attaqua-t-il négligemment.

Deux ou trois parades nettes et précises, le fer de Cyrano qui ne quittait pas le sien, le rendirent plus attentif.

Il résolut d'en finir tout de suite. Il se mit à jouer serré.

— Vous êtes fatigué? demanda railleusement Cyrano.

Sans répondre, son adversaire reprit l'offensive et fournit de suite deux coupés d'une rapidité vertigineuse, qui furent parés avec la même aisance.

— Allons, ça va mieux, continua le Gascon, maintenant je connais votre jeu.

D'Avezac aussi était fixé, et voyait, dans ce jeune homme presque imberbe, l'adversaire le plus redoutable qu'il eût rencontré.

Il fit appel à toute sa science et tenta un coup qui lui avait toujours réussi. Mais le Gascon semblait l'avoir prévu.

— C'est la botte de Laboëssière, dit en riant Cyrano, connaissez-vous celle-ci?

Son bras se tendit comme un ressort d'acier, et il se fendit à fond.

La rapière avait traversé de part en part son adversaire.

Hercule d'Avezac battit l'air de ses bras, chancela et tomba comme une masse.

— Il est mort, dit Maniban.

— Je te l'avais dit.

— Mauvaise affaire, reprit son ami pendant qu'on s'empressait autour du moribond. Je te conseille de prendre les devants et d'aller trouver le général. Il exécrait ce d'Avezac, il te tirera de là.

En effet, dès que Cyrano eut raconté son duel à M. d'Andigny, celui-ci hocha la tête d'un air soucieux:

— Vous vous croyez toujours à la place Royale, lui dit-il, il y a mort d'homme, et l'on ne plaisante pas à l'armée sur les édits. Je vais tâcher d'arranger cela, mais ne parlez à personne de votre duel, et recommandez la discrétion à vos camarades.

Le corps fut ramené et l'on répandit le bruit que l'officier, s'étant imprudemment aventuré, avait été tué par un parti d'ennemis.

Précisément la garnison d'Arras, honteuse sans doute de son inaction, avait tenté plusieurs sorties, ce qui rendait plus vraisemblable la mauvaise rencontre qu'aurait faite l'adversaire de Cyrano.

Ce réveil de l'ennemi obligea le commandement à faire exécuter des reconnaissances hors de la place, auxquelles prit part le Gascon.

Hercule d'Avezac fut peu de temps après remplacé par un officier revenant de la cour et que l'on disait très protégé par le grand écuyer.

M. de Vilaines, c'était le nom du nouveau venu, très jeune, fastueux, bavard, le type du courtisan efféminé, ne plut guère à Cyrano; mais il paraissait si vain, si étourdi, d'un caractère si en dehors, qu'il ne conçut pas à son égard la moindre défiance.

Lors d'une petite escarmouche qui se produisit quelques jours après son arrivée, entre les dragons de M. d'Andigny et un gros de cavalerie espagnole, il fit le coup de pistolet avec le sang-froid d'un vieux soldat et chargea avec intrépidité.

Cette brillante conduite le fit remonter dans l'estime du Gascon, qui le traita, dès lors, sur le même pied que ses autres camarades.

D'ailleurs, Gaston de Vilaines, tout présomptueux qu'il fût, semblait le tenir en particulière estime, recherchait sa compagnie et celle de Maniban, et ne les quittait pas plus que son ombre.

Quelques jours plus tard, le général, qui était parvenu à se créer des intelligences dans la place, fut informé qu'une forte reconnaissance devait avoir lieu dans la nuit.

Les dragons furent commandés et, naturellement, Cyrano et son nouvel ami firent partie de l'expédition. Leur compagnie était chargée d'éclairer la colonne.

Les deux jeunes gens marchaient côte à côte a quelques pas derrière la vedette, suivis de leurs valets.

Pour laisser souffler les chevaux, on fit halte à l'orée d'un bois.

M. de Vilaines proposa de le fouiller, afin de s'assurer qu'il ne renfermait pas d'Espagnols.

— Portez-vous à droite, dit-il à Cyrano, moi je vais à gauche. A l'extrémité du bois, nous nous rabattrons l'un sur l'autre. Nos valets nous attendront.

Il y avait quelque témérité à s'aventurer seul dans le bois, mais Cyrano ne voulut pas se montrer moins entreprenant que son compagnon.

Il s'assura que l'épée jouait bien dans le fourreau, visita ses pistolets, et prit un sentier qui s'ouvrait à droite, pendant que M. de Vilaines en faisait autant du côté opposé.

Tout à coup, sa monture se mit à souffler bruyamment, marque évidente d'inquiétude.

Cyrano s'arrêta et tendit l'oreille.

Il ne perçut que les bruits vagues de la forêt.

A un moment donné, le cheval s'arrêta de lui-même et poussa un hennissement sonore.

— Au diable, les étalons! se dit Cyrano. Cependant il doit y avoir quelque chose. Peut-être un loup.

Et son regard sonda l'épaisseur des fourrés.

Rien ne bougeait.

Rassuré, il allait reprendre sa route, lorsqu'il lui sembla voir des ombres glisser de chaque côté du chemin.

Instinctivement, il porta la main à son épée.

Mais, avant qu'il eût le temps de la tirer, un corps lourd s'abattait sur la croupe de son cheval, qui plia les jarrets et se cabra.

En même temps, il sentit deux mains noueuses s'appliquer sur sa bouche.

Lâchant les guides et serrant les jambes, le Gascon donna un si furieux coup de coude dans l'estomac de celui qui l'étreignait que ses mains se desserrèrent.

Il en profita pour pousser un appel formidable, tout en redoublant ses coups en arrière. L'homme tomba.

Mais en même temps il sortait des fourrés une dizaine de soldats espagnols, à en juger par leur uniforme, qui, sans un cri, sans une parole, se jetèrent à la tête du cheval et s'accrochèrent à ses jambes pour le renverser.

Cyrano enfonça ses éperons dans le ventre du pauvre animal qui fit un bond prodigieux.

Deux hommes roulèrent à terre.

Tout à coup il fléchit, un des assaillants venait de lui ouvrir le ventre avec un large coutelas.

Cyrano le sentit frémir entre ses jambes et chanceler.

Le bonheur voulut que, un instant dégagé, il pût, par une voltige qui lui était familière, sauter à terre du côté hors-montoir.

En même temps, l'animal s'abattait, agitant désespérément ses jambes, entre son maître et les assaillants, dont un seul s'accrochait encore à lui. D'un coup de pommeau de sa rapière, le Gascon lui fendit le crâne.

— Ah! mon Dieu! s'écria-t-il en excellent français.

Mais, tout à coup, escaladant le cadavre du pauvre mecklembourgeois, la troupe entière se rua sur lui.

Assailli par sept adversaires armés d'épées et de coutelas, déjà fatigué par la lutte prolongée dans l'obscurité, il ferraillait au hasard; quand un bruit de trompettes de cuivre, de clameurs emplit la forêt.

— Tiens bon! criait la voix de Jean de Maniban.

Et de toutes parts débouchaient des dragons, l'épée à la main.

Saisis de panique, les prétendus Espagnols tentèrent de fuir, mais en un clin d'œil ils furent saisis et garrottés.

— Qu'on les pende aux arbres, immédiatement! ordonna Maniban.

L'un d'eux se débattait plus fort que les autres, criant:

— Je veux parler à M. Cyrano, j'ai de graves révélations à faire.

Cyrano commandât qu'on l'amenât devant eux.

— Comment se fait-il que vous portiez l'uniforme des soldats espagnols et que vous parliez tous français? demanda-t-il.

— C'est que nous le sommes, monsieur le baron, répondit l'homme.

— Mais je ne me trompe pas, s'écria Cyrano, c'est encore ce Perchepin acharné à ma perte! Cette fois, ton compte est bon, affreux moine.

— Vous ne voudrez pas porter la main sur un homme d'église, mon gentilhomme!

— Parfaitement, si l'homme d'église fait le métier d'assassin.

—Ecoutez, monsieur Cyrano, ma mort ne vous avancera pas à grand'chose; mais si vous me laissez vivre, je puis écarter de vous de grands dangers.

— Il y paraît.

— Je sais que vous ne les craignez pas pour vous, mais il n'en sera peut-être pas de même en ce qui concerne certaine jeune personne du service de la reine.

— Diane? interrogea le Gascon.

— Oui, Mlle de Lucé, secrètement enlevée et transférée dans un couvent.

— Lequel?

— Me donnez-vous la vie sauve?

— Oui, cent fois, si tu parles et me dis la vérité.

— J'ai foi dans votre parole. En même temps que le père Joseph vous faisait espionner par M. d'Avezac — un homme à lui — puis tentait de vous faire enlever ce soir avec la complicité de M. de Vilaines — un protégé de Cinq-Mars — il faisait saisir Mlle de Lucé au cours d'une promenade dans la forêt de Saint-Germain, et la plaçait au couvent de la porte Saint-Antoine, sous l'étroite surveillance de sa cousine bien-aimée, Mlle de Lafayette.

— Quoi! intervint Maniban, qui assistait au dialogue, ce Vilaines?

— Est l'âme damnée du grand écuyer.

— Mais, reprit Cyrano, je croyais Cinq-Mars au plus mal avec le cardinal?

— Oui, mais pas avec le père Joseph, qui attend le chapeau et travaille pour son compte. Il y a secrète entente entre lui et M. le Grand.

— Mais qui m'assure, dit le Gascon pris de défiance, que tout ce que nous raconte là le révérend Perchepin n'est pas un tissu d'inventions pour tirer son cou de la corde qu'il a si bien méritée?

— Simplement ceci, répondit l'agent du père Joseph, c'est que celui pour qui je travaillais n'a pas un mois à vivre et que je veux rentrer dans les bonnes grâces du cardinal.

« Lorsque vous aurez contrôlé l'exactitude de mes renseignements, vous me ferez reconduire dans les lignes espagnoles. Mon but est de me rendre à Madrid et d'y travailler au succès d'une négociation qui, si elle réussit, me vaudra la faveur de Richelieu.

— Eh bien, fit le jeune homme en se tournant vers le factotum de l'Eminence grise, il en sera fait ainsi que vous le désirez. Vous passerez au camp pour un prisonnier de guerre, et, si vous m'avez dit la vérité, on vous rendra à ceux d'Arras au premier échange. Dans le cas contraire, vous savez ce qui vous attend.

La petite troupe regagna le gros du corps où chacun fut étonné de ne pas retrouver M. de Vilaines.

Cyrano et Maniban seuls n'en furent pas surpris.

Le lendemain matin, Cyrano annonçait au général d'Andigny que de graves nouvelles reçues de sa famille l'obligeaient à solliciter un congé, qui lui fut gracieusement octroyé.

Le jour même, accompagné du fidèle Jolivet, il reprenait la route de Paris, décidé à tout tenter pour la délivrance de Diane.

VII

JOLIVET AU COUVENT

Un soir que, selon sa coutume, Diane de Lucé se promenait songeuse dans la forêt de Saint-Germain, sur le bord de cette mare du Héron où, pour la dernière fois, Cyrano l'avait pressée sur son cœur; trois hommes masqués l'avaient saisie à l'improviste, avaient étouffé ses cris d'appel sous un épais mouchoir et l'avaient emporté dans une voiture.

C'était celle que le roi mettait à la disposition du père Joseph.

Les chevaux étaient partis au galop et ne s'étaient arrêtés que devant la porte du couvent de Sainte-Marie, où on l'avait fait entrer de force.

Une chambre particulière lui fut donnée, que sa fenêtre grillée donnant sur des jardins faisait ressembler à une prison.

Diane fut prévenue que Mlle de Lafayette, en considération de leurs anciennes relations, consentait à prendre ses repas avec elle, ce qui lui épargnerait l'ennui du réfectoire commun.

Mlle de Lafayette fit à Diane une réception d'autant plus gracieuse qu'elle espérait bien tirer de la jeune fille certains renseignements précieux pour le père Joseph et, pour elle-même, savoir des nouvelles de cette Cour tant regrettée, encore qu'elle passât pour l'avoir abandonnée volontairement.

Sans avoir la précoce rouerie de sa compagne, Mlle de Lucé était fine. Elle pensa qu'en paraissant se tenir sur la réserve elle augmenterait les soupçons de Mlle de Lafayette ou de ceux qui la faisaient agir, le cardinal ou le père Joseph.

Elle feignit donc un entier abandon.

Pendant ce temps, Cyrano et Jolivet galopaient sur la route de Paris, où ils arrivèrent le soir, alors que tout le monde dormait déjà dans la grande ville.

Ce qui importait surtout à Cyrano de Bergerac, c'était de n'être point reconnu. On devait le croire en Gascogne.

A la pointe du jour, il se leva, réveilla Jolivet qui dormait à poings fermés, et descendit dans la rue.

Il s'en alla rôder dans les alentours du couvent, et s'attabla dans un cabaret tout proche. C'était une entreprise difficile que de s'introduire dans le couvent des Filles de Sainte-Marie, plus difficile encore d'en faire sortir une recluse qui devait être bien gardée.

Au milieu de sa contemplation, le jeune homme entendit la cloche du monastère sonner un glas lugubre.

— Tiens, on sonne le glas! Il doit y avoir quelqu'un de mort au couvent. Une sœur sans doute?

— Non, dit le cabaretier en se retournant, c'est l'aide-jardinier qu'on enterre ce matin.

Déjà le Gascon avait conçu un projet, en avait pesé le pour et le contre.

— Tu sais jardiner, Jolivet?

— Mais, monsieur Savinien, vous savez bien qu'à la campagne où je suis né, tout le monde commence par travailler la terre.

— Eh bien, tu vas te faire jardinier... pour Diane!

— Pour Mlle de Lucé, je me mettrais dans le feu, comme pour vous.

Une heure plus tard, Jolivet, repassant dans son esprit toutes les recommandations de son maître, sonnait respectueusement à la petite porte du couvent qu'on lui avait indiquée comme celle des gens de service.

Une sœur tourière vint ouvrir le guichet, et lui demanda ce qu'il voulait.

Au bout d'un long couloir tapissé de sentences et d'oraisons, la tourière ouvrit une porte et Jolivet se trouva en présence de sœur Sainte-Scholastique.

L'examen lui fut favorable.

Sans doute sœur Sainte-Scholastique jugea qu'elle ne rencontrerait jamais un niais de cette envergure, et que c'était le Ciel qui le lui envoyait.

— N'ayez pas peur, mon garçon, avancez, et répondez franchement à mes questions.

« Comment vous appelez-vous?

— Mon nom, c'est Thomas, bégaya-t-il.

— Et vous savez jardiner?

— Sauf votre respect, ma sainte sœur, c'est mon état. Je pioche, je sarcle, je ratisse...

— Allons, allons, fit sœur Sainte- Scholastique, je crois que nous pourrons nous entendre. Vous connaissez les conditions: couché, nourri, et dix écus tous les ans à la Saint-Jean. De plus, si l'on est content de vous, un habillement à la Saint-Michel.

— Je serai très content avec ça, ma sœur.

— Eh bien, revenez ce soir avec vos effets.

Resté seul, Jolivet reprit le chemin du cabaret où Cyrano lui avait donné rendez-vous.

— Ça y est, lui dit-il à l'oreille.

Alors il lui raconta par le menu les détails de sa réception.

— Voilà qui va bien, lui dit son maître; tu es dans la place. Il s'agit de profiter de cette occasion et de bien disposer nos batteries.

Tirant alors ses tablettes de sa poche, Cyrano en arracha une feuille et, son crayon à la main, les yeux levés vers le ciel qui inspire les poètes, il demeura quelques instants songeur.

Puis, on vit la pointe de son crayon courir sur le vélin.

Lorsqu'il eut fini, il roula le vélin en un tube étroit et le tendit à Jolivet.

— Tu tâcheras, si tu vois Diane, de glisser ce mot dans un bouquet ou dans une fleur que tu lui offriras, que probablement même elle te demandera.

— Où vous reverrai-je, monsieur Savinien?

— Ici, tous les matins.

Comme le Gascon achevait ces mots, il aperçut une litière accompagnée de deux gentilshommes à cheval, marchant côte à côte, et qui se disposait probablement à entrer dans Paris par la porte Saint-Antoine.

Une femme l'occupait, au teint pâle et mat, aux magnifiques cheveux noirs.

Le jeune homme tressaillit. Il venait de reconnaître la dame espagnole de Bourg-la-Reine.

Bien qu'il ne vît qu'une moitié de son visage, il lui sembla que l'un des deux gentilshommes était M. de Fontrailles, l'âme damnée de Cinq-Mars. Quant à l'autre, à son teint olivâtre, à ses yeux noirs et brillants, à la coupe de la figure, Cyrano n'eut pas de peine à reconnaître un Espagnol.

— Tiens, dit-il à son valet en lui désignant la litière qui s'éloignait dans la direction de Paris, voilà de quoi occuper nos loisirs jusqu'à l'heure où tu devras regagner le couvent.

Et, ayant laissé prendre suffisamment d'avance à la petite troupe, le Gascon la suivit.

Au lieu d'entrer dans Paris, il la vit tout à coup tourner sur la gauche et prendre un chemin qui conduisait au village de Picpus.

— Tiens, tiens, se dit Cyrano, Picpus, c'est là que se trouve le couvent des Capucins, le couvent du père Joseph.

Cependant, reprit le Gascon en son monologue intérieur, il ne faudrait pas que nous allassions nous jeter dans la gueule du loup.

Tout en réfléchissant, Cyrano ne perdait pas de vue la litière.

Il la vit quitter le chemin, bordé çà et là par des maisons de paysans et s'engager dans une route plus large, au bout de laquelle s'élevait un vaste bâtiment dont les clochetons indiquaient un établissement religieux.

— C'est bien ce que je pensais, murmura le jeune homme. La dame espagnole va voir le père Joseph.

La litière s'arrêta à la porte du couvent et l'un des cavaliers descendit de sa monture pour sonner à la porte.

La porte du couvent s'ouvrit et, après quelque hésitation, les deux compagnons de la dame espagnole entrèrent, la laissant sous la garde du conducteur. En son ostentation d'austérité, le père Joseph ne recevait pas de femmes.

Cyrano remarqua qu'avant de se séparer des deux gentilshommes elle leur avait confié une liasse de papiers assez volumineuse.

— Ce que contiennent ces papiers, pensa le Gascon, doit être fort intéressant pour que l'on en fasse part au père Joseph.

Le jeune homme n'acheva pas sa pensée.

Peut-être que ces papiers si précieux on les rapporterait au couvent où on les avait vraisemblablement reçus et qui donnait asile à l'astucieuse Mlle de Lafayette, ou bien on les remporterait à Paris.

Dans les deux cas, il était encore temps de faire une tentative pour s'en emparer. Mais le moyen?

Cyrano avait remarqué qu'en plusieurs endroits du chemin les récentes pluies en avaient défoncé le sol.

De profondes ornières s'étaient creusées, et, à plusieurs reprises, la litière avait eu de la peine à s'en dégager.

Aidé de Jolivet, se servant de son poignard et des outils que le pseudo-jardinier portait à sa ceinture, ils en creusèrent plusieurs où la litière au retour devait infailliblement passer, assez profondes pour qu'elle versât sur le côté.

Puis, le Gascon les avait recouvertes de menues branches et de quelques herbes folles afin de les dissimuler.

Cela fait, avisant un tas de charbon qui s'élevait au-dessus du mur d'appui d'un chantier, l'ingénieux Cyrano en prit quelques morceaux qu'il écrasa sous son talon.

— Fais comme moi! commanda-t-il à Jolivet qui le regardait ahuri.

Et, emplissant ses mains de la poudre noire qu'il venait d'obtenir, il s'en barbouilla le visage. Le valet, de plus en plus abasourdi, l'imita consciencieusement.

— Ah! monsieur ne veut pas être connu, reprit le naïf garçon qui commençait à comprendre.

— Tu l'as dit: affaire d'Etat. Ainsi nous allons reprendre notre poste derrière le saule. Dès que la litière repartira, nous la suivrons de loin. A la première ou à la seconde ornière, le véhicule versera. Ces gens-là ne sont pas de taille à le relever. Peut-être même la roue cassera. En tout cas, il faudra que l'un d'eux se détache pour aller chercher du secours. Il ne restera plus avec la dame qu'un des deux cavaliers et le conducteur de la litière, j'effraie la dame en lui demandant la bourse ou la vie et je m'empare des papiers. Puis je saute sur le cheval, tu montes en croupe et nous allons nous débarbouiller au bord de quelque ruisseau. Voilà le plan... Vite, cachons-nous, ajouta Cyrano, voici nos gens.

La porte du couvent venait, en effet, de se rouvrir, et le gentilhomme en sortait, porteur encore de la fameuse liasse, qu'il tendit à l'Espagnole restée dans la litière.

Le jeune homme vit une main blanche s'en saisir avec empressement, et, après un court colloque entre les trois personnes, le véhicule reprit le chemin qu'il avait déjà suivi.

La voiture avançait lentement, cahotée par les inégalités du terrain.

Sans doute pour obéir à un ordre de la dame qu'il conduisait, le conducteur cingla un vigoureux coup de fouet à l'un de ses chevaux. Ce fut ce qui le perdit.

Déviée du droit chemin, la voiture alla donner en plein dans la seconde ornière et pencha sur le côté.

Elle ne versa pas complètement, mais Cyrano entendit fort distinctement craquer le bois des jantes.

— Ça y est, murmura-t-il joyeusement.

Comme il l'avait prévu, les deux cavaliers descendirent de cheval et tentèrent, aidés du conducteur, de la relever.

Seulement alors, ils s'aperçurent que la roue était brisée.

Un conciliabule s'engagea entre eux, dont le résultat fut que M. de Fontrailles, accompagné du conducteur de la litière, se dirigea, non vers le village de Picpus, qui ne devait pas posséder de charron, mais vers la porte Saint-Antoine, avec l'intention d'en ramener un de Paris.

Seulement, afin d'aller plus vite, ils étaient partis sur les deux chevaux.

Cela modifiait le plan primitif de l'attaque.

Jolivet fut chargé de s'emparer des papiers et de s'enfuir dans la direction de l'auberge, de toute la vitesse de ses jambes, pendant que Cyrano donnerait de l'occupation à l'hidalgo.

Sortant précipitamment de leur cachette, ils s'élancèrent vers le petit groupe formé par les deux personnages, qui, pensèrent qu'ils venaient à leur secours.

Grâce à l'erreur où ils se trouvaient, avant que l'Espagnol eût le temps de dégainer, le Gascon lui mit la pointe de la rapière sur la gorge, pendant que Jolivet, le désarmant prestement, brisait son épée sur son genou.

— Ta bourse ou tu es mort! lui cria Cyrano.

La jeune femme avait pris le parti de s'évanouir. Jolivet bondit sur la litière, en retira les papiers et prit la fuite.

Masqué par Cyrano qui tenait le gentilhomme en respect, celui-ci ne s'était pas aperçu du rapt.

Aussi lorsque Cyrano, après avoir ramassé la bourse, objet ostensible de l'agression eut à son tour décampé, le cavalier ne songea-t-il pas à le poursuivre et s'empressa-t-il auprès de sa compagne qui gisait à terre.

Près d'un ruisseau, le Gascon et le fidèle Jolivet s'empressèrent de faire disparaître du mieux qu'ils purent le noir dont ils avaient la figure couverte.

Cyrano, après avoir soigneusement dissimulé sous son manteau la liasse de papiers, prit congé de Jolivet, qui se dirigea immédiatement vers le monastère.

En entrant, le fidèle serviteur reprit l'air niais qui l'avait si bien servi le matin, et fut conduit auprès du jardinier en chef, qui le mit immédiatement en fonctions.

Au cours de cet entretien, il apprit encore que maître Guyot était père d'une jeune fille qui remplissait les fonctions de chambrière auprès de Mlle de Lafayette et d'une jeune demoiselle récemment arrivée au couvent.

Il ne douta pas qu'il ne s'agît de Mlle de Lucé et en tressaillit d'aise.

Le lendemain matin, dès qu'il fit jour, le jardinier fit parcourir à son subordonné toute la partie du couvent qui rentrait dans ses attributions:

Jolivet remarquait tout.

Ainsi, il avait observé que la porte de la chapelle faisait face à un petit parterre assez mal entretenu.

Il en fit respectueusement la remarque à son supérieur.

— Oui, répondit celui-ci, vingt fois j'avais commandé à Joseph de remettre en état les plates-bandes et les massifs, il me répondait toujours: « Oui, demain », et, en résumé, il n'en faisait rien.

— Oh! moi, dit en riant Jolivet, je suis d'un autre caractère: j'ai bon appétit et, comme ceux de mon pays, j'aime travailler.

— A la bonne heure, fit maître Guyot; mais tenez, voici précisément ma fille qui se rend chez les dames pensionnaires. Holà! Marianne, appela-t-il.

— Que regardais-tu à terre? lui demanda-t-il. Tu avais l'air d'avoir perdu quelque chose?

— Mais non, je n'ai rien perdu, répondit Mlle Guyot en montrant une rangée de dents éblouissantes entre ses lèvres rouges et charnues. Je remarquais qu'il y aurait encore assez de fleurs pour faire un bouquet à mes dames; et comme elles sont très généreuses...

— Tu veux les contenter et tu as raison.

— Voulez-vous que j'en dispose un? demanda le faux Thomas avec empressement.

Et, tirant sa serpette de sa ceinture, il se mit à couper et à assembler les fleurs de ses bouquets avec assez d'adresse pour faire illusion sur son état de jardinier-fleuriste.

Au déjeuner, que Jolivet prit en compagnie de Guyot et de sa fille, il fut question des bouquets. Ils avaient été trouvés charmants.

— Voilà même, continua Marianne en tirant un petit écu de sa poche, ce que Mlle de Lucé m'a chargée de donner à l'auteur du bouquet, car je lui ai dit que c'était le nouveau garçon qui les avait faits.

Le soi-disant Thomas avait mis la pièce dans sa poche, se réservant de l'examiner. Sa joie passa pour un amour immodéré de l'argent.

— Il est intéressé, tant mieux, pensa Guyot, à qui germaient des idées matrimoniales pour sa fille.

Marianne ayant la langue assez bien pendue, même pour une personne de son sexe, Jolivet apprit d'elle qu'en effet ces dames lui avaient demandé d'où venait ce garçon.

— Ma foi, continua la jeune fille, elles m'en demandaient plus que je n'en savais. Tout ce que j'ai pu dire, c'est que vous aviez l'accent de ceux de la Gascogne.

« Au reste, reprit Marianne, ces dames voulant profiter des derniers rayons du soleil qui se fait rare, vont descendre faire un tour de promenade dans les jardins. Vous les verrez, sans doute.

Un instant après il ratissait avec une ardeur dont les jardiniers de profession sont rarement coutumiers.

De temps en temps, il se redressait, ses reins n'étaient pas accoutumés à cet exercice.

Il en profitait pour se rendre compte de l'état des lieux.

Les murs de clôture étaient d'une grande hauteur, mais il y avait sous un hangar des échelles, trop courtes à la vérité, mais que l'on pouvait attacher bout à bout avec des cordes.

Jolivet se promit d'explorer ce côté de la clôture, le seul qui lui parût favorable à une évasion.

Jolivet avait bien entendu dire que les fenêtres de la chambre de Diane donnaient sur les jardins. Mais à quel étage?

Il fallait se garder d'éveiller la défiance de Mlle de Lafayette.

Jolivet, tout en sarclant, ratissant, en était là de ses réflexions, lorsqu'à travers les massifs dont les feuilles étaient devenues rares, il aperçut, marchant côte à côte, deux femmes qui ne portaient point le costume des religieuses.

Bien qu'il ne pût encore voir leurs figures, il lui sembla que l'une d'elles, la brune, était Mlle de Lucé.

Le prétendu Thomas feignit de les apercevoir seulement et se redressa, ôtant respectueusement son chapeau.

Bien que Diane s'attendît à se trouver en face du valet de Cyrano, elle ne put empêcher le sang de lui monter au visage. Heureusement la curiosité de sa compagne ne se portait pas sur elle en ce moment.

Elle dévisageait le garçon jardinier, afin de s'assurer s'il n'était point quelque amant déguisé, quelque téméraire gentilhomme, introduit dans le couvent sous des habits d'emprunt.

Un rapide examen la convainquit de son erreur.

— Dites, bonhomme, fit-elle d'un ton protecteur, n'êtes-vous pas le remplaçant de Joseph?

— Oui-da, mademoiselle, répondit-il en saluant humblement.

— Vos fleurs étaient très jolies, lui dit Mlle de Lucé, surtout celle du milieu, je ne sais comment vous la nommer.

— Une fleur blanche, n'est-ce pas, mam'selle?

— Oui.

— Je n'en sais pas le nom, mais elle n'est pas rare à cette époque, et si elle vous plaît, je pourrai vous en offrir d'autres, il en pousse de semblables peut-être à deux cents pas du couvent.

— Alors, reprit Mlle de Lafayette, ce n'est qu'une fleur des champs.

— N'importe, fit Diane en regardant bien fixement Jolivet, lorsque vous aurez l'occasion de m'en procurer d'autres, vous me ferez plaisir. Continuez, mon ami, à nous faire des bouquets, nous vous en récompenserons.

Et après avoir fait une légère inclination de tête, les deux jeunes filles s'éloignèrent sans que la compagne de Diane se fût aperçue du dialogue à double entente échangé entre celle-ci et le prétendu Thomas.

L' « Angelus » du soir une fois sonné, tout travail cessait pour les jardiniers. Jolivet était libre; il en profita pour courir à l'auberge, où il trouva Cyrano, qui se rongeait les ongles d'impatinece.

— Enfin te voilà; m'as-tu fait attendre!

— Impossible de venir plus tôt, monsieur Savinien, mais en revanche, j'ai du bon.

— Il faut qu'elle sorte de ce couvent s'écria Cyrano, lorsque Jolivet eut terminé, mais comment?

— Je crois, dit celui-ci, que cela ne sera pas trop difficil. N'était la présence de Mlle de Lafayette, je vous dirais: cela sera fait demain, si Mlle Diane y consent.

— Je me charge de la décider, puisque tu peux lui remettre une lettre.

— Oh! facilement. Maintenant que Mlle de Lucé est prévenue, je vous réponds qu'elle regardera dans tous mes bouquets.

— Eh bien! reprit le Gascon, il n'y a pas de temps à perdre. La rencontre que nous avons faite hier est un coup du sort.

« Le cardinal, lorsqu'il aura entre les mains les papiers que tu as pris hier, me donnera l'absolution de tout ce que j'aurai fait, et me garantira de la colère du père Joseph.

« Ce qui m'inquiète, c'est la cousine du père Joseph.

— Il est de fait qu'elle est toujours avec Mlle Diane. Elle ne la quitte pas plus que son ombre.

— Si l'on pouvait l'éloigner, murmura Cyrano songeur.

— Ou si elle avait le sommeil lourd.

— Il faudrait lui faire prendre un soporifique; mais le moyen.

— Justement Marianne lui porte chaque soir une tisane calmante.

— Marianne?

— Oui, la fille de mon patron, du père Guyot. Elle ne me voit pas d'un mauvais œil. Rien ne me serait plus facile, en rôdant autour d'elle...

— Pardieu, tu as raison. Je sais rue des Lombards, chez certains droguistes où trouver ce qu'il faut. Tu l'auras demain. Mais il faut prévenir Diane.

« De mon côté je me procurerai des chevaux et j'assurerai à Mlle de Lucé une retraite convenable.

« Ne manque pas de venir demain à pareille heure.

Sur ces mots, les deux hommes se séparèrent.

VIII

LA FUITE

'HEURE choisie pour la fuite de Mlle de Lucé était celle où les gens du couvent, plongés dans leur premier sommeil, dormiraient assez profondément pour qu'un léger bruit ne les éveillât pas.

Jolivet avait préparé et caché derrière les fagots, sous le grand hangar, une échelle pour franchir les murs.

Enfin, tout en travaillant aux plates-bandes qui longeaient le bâtiment conventuel, il avait dévissé les verrous et la serrure et remplacé les vis de fer par des chevilles de bois, puis, avec un chiffon, il avait graissé les gonds de la porte, afin qu'elle ne grinçât pas en s'ouvrant.

Ces précautions prises et la nuit étant tout à fait tombée, il était rentré dans la maison du jardinier, dont il avait, comme à l'ordinaire, partagé le repas, se montrant plein d'attentions pour Marianne et versant doubles rasades à son père.

Vers la fin du souper, tout en regardant d'un œil complaisant les deux jeunes gens, celui-ci fit mine de s'assoupir.

— Vous êtes fatigué, mon père? lui demanda la jeune fille. Vous feriez mieux en ce cas de vous mettre au lit que de dormir sur une chaise.

— Eh bien, bonsoir, dit le jardinier en se dirigeant pesamment vers l'escalier qui conduit au premier étage.

— Il est capable de se jeter tout habillé sur son lit, dit en riant Marianne, il faut que j'aille veiller à cela. Je vous confie ma bouilloire.

Et légère, la jeune fille monta l'escalier derrière son père.

C'était plus que n'espérait Jolivet, qui se demandait comment il s'y prendrait pour jeter le soporifique dans l'eau de la tisane.

D'un bond il fut au fourneau, leva le couvercle de la bouilloire et, tirant de sa poche un petit parquet, versa dans le vase la poudre blanche qu'il contenait.

Marianne le retrouva comme elle l'avait laissé, les coudes sur la table et le menton dans une de ses mains.

La vapeur soulevait, en chantant, le couvercle de la bouilloire, et l'eau commençait à déborder.

— Quoi, c'est ainsi que vous veillez ma tisane?... lui dit la jeune fille.

— Ah! pardon, fit le faux Thomas, je pensais...

— A quoi?

— Demandez-moi plutôt à qui? reprit Jolivet en jouant de la prunelle.

— Vous ne le diriez pas.

— Pardon, si je n'avais pas peur de vous fâcher.

— Eh bien dit-elle résolument, je vous promets de ne pas me fâcher si vous le dites.

— Je pensais, reprit le rusé Gascon, en se levant pour se rapprocher d'elle, que celui qui aurait une jolie petite femme comme vous ne serait pas à plaindre.

— Et, reprit la jeune fille en fixant sur lui ses yeux brillants d'émotion, où cela vous conduira-t-il de me faire part de la bonne opinion que vous avez de moi.

— Mademoiselle Marianne, répondit Jolivet en donnant à sa voix l'inflexion la plus tendre, c'est plutôt à vous qu'il faudrait le demander.

— Je ne comprends pas ce que vous voulez me dire; mais voici ma tisane faite et je vais la porter.

Marianne fut bientôt de retour.

— Vous auriez ri, dit-elle, au prétendu Thomas, si vous aviez vu la contestation de ces demoiselles. Mlle de Lafayette ne voulait-elle pas que Mlle de Lucé partageât sa tisane.

Jolivet eut un frisson.

— Si vous n'en prenez la moitié, je ne la boirai pas, disait-elle à Mlle Diane. Et celle-ci de s'en défendre. Enfin Mlle de Lucé a fait une concession.

— Elle a bu? demanda Jolivet épouvanté.

— C'est-à-dire qu'elle a fait semblant de boire pour en finir. Elle a pris une petite cuillerée du breuvage, puis elle l'a rejeté en disant: « Oh! que cela est mauvais! Comment pouvez-vous boire de pareilles choses? »

— Ces demoiselles de la cour, reprit l'aide-jardinier, il leur faut toujours des remèdes pour se bien porter! Vous n'avez pas besoin de ça, vous, mam'selle Marianne, pour être fraîche et pelotée.

— Ah! voilà que vous recommencez.

— Mais je ne vous ai attendue que pour cela, pour vous dire qu'aucune femme ne m'a semblé si attrayante et si désirable que vous.

— Au moins parlez moins haut.

— Ah! chère Marianne, continua Jolivet en glissant sournoisement son bras autour de la taille de Mlle Guyot, si vous saviez combien je vous aime. Laissez-moi seulement prendre un petit baiser.

— Voyez-vous, déjà, fit Marianne en retirant sa main. Nous n'en sommes pas encore là, monsieur Thomas.

— Hélas! fit le prétendu Thomas d'un air piteux, cela viendra-t-il jamais?

— Qui sait? répondit la jeune fille d'un air malin, on dit que tout vient à point à qui sait attendre.

Et lestement elle gravit l'escalier.

Jolivet sortit sur le pas de la porte restée entr'ouverte, afin de voir l'heure à la lueur des étoiles.

A son estime, il avait encore une heure à passer avant que Diane descendît.

Un instant après, la lumière s'éteignit subitement et tout retomba dans l'ombre.

A cette heure, Mlle Guyot reposait dans son lit de jeune fille, tandis que Mlle de Lucé devait quitter furtivement le sien.

Jolivet, se dissimulant derrière les massifs, vint se poster près de la porte par laquelle Diane devait sortir du bâtiment conventuel.

Bientôt son œil exercé vit s'entr'ouvrir la porte avec précaution, une forme élancée et sombre se glisser timidement au dehors.

Diane, car c'était bien elle, s'était arrêtée tournant son visage à droite et à gauche pour découvrir Jolivet.

Hardiment, il sortit de son massif et vint à elle.

— Tout va bien, lui dit-il à l'oreille. Suivez-moi!

Et lui prenant la main pour guider ses pas, il entra avec elle dans l'épaisseur des massifs, se dirigeant en droite ligne vers le hangar où il avait dissimulé son échelle.

— Il va falloir, mademoiselle, dit le brave garçon, faire un exercice auquel les demoiselles ne sont pas habituées; mais n'ayez pas peur, je suis là, je vous aiderai.

En disant ces mots, Jolivet leva l'échelle et l'appliqua aussi doucement que possible contre le mur qu'elle dépassait d'un pied environ.

— Une fois sur le faîte du mur tous les deux, dit Jolivet, je passerai l'échelle de l'autre côté, je descendrai le premier et, cette fois, vous tiendrai l'échelle du bas. Vous n'aurez qu'à faire comme moi et vous serez libre.

Cinq minutes plus tard, Diane était dans les bras de Cyrano, se tenant debout près des trois chevaux qui allaient leur permettre de s'éloigner assez vite pour mettre en sûreté la jeune fille.

Un point restait à décider. Quel serait le lieu de sa retraite provisoire?

— Il y aurait bien une ressource, dit Cyrano, ce serait l'auberge. Mais le moyen, sans attirer l'attention qu'une jeune fille vêtue comme vous l'êtes demeure dans une hôtellerie?

— Je pourrai prendre un déguisement, proposa Diane.

— Sans doute, si cela ne vous effraie pas trop de descendre en un de ces logis ouverts à tout venant; mais quel déguisement?...

— Ecoutez, reprit Mlle de Lucé, il y a, place Royale, des vêtements appartenant à mon frère, nous sommes à peu près de la même taille...

— Parbleu! excellente idée. Je n'aurais pas osé vous la proposer. Mais, reprit le jeune homme, vous ne pouvez loger seule en un pareil endroit.

— Vous me laisserez Jolivet. Puis cette mascarade forcée ne sera pas de longue durée.

— Non, répondit Cyrano, car demain j'irai trouver le cardinal, et le service que je vais lui rendre est de telle nature qu'il me conciliera sa bienveillance, ainsi qu'aux personnes qui me sont chères.

— Allons donc! dit résolument la jeune fille.

Une demi-heure s'était écoulée déjà lorsque le Gascon vit venir à lui, dans l'ombre épaisse, la silhouette d'un petit gentilhomme embarrassé par son épée, et qui n'était autre que Mlle de Lucé.

On arriva pourtant sans encombre à la rue de l'Arbre-Sec, où Cyrano connaissait une hôtellerie d'honnête réputation.

— Je vous amène, dit-il à l'hôtesse, un jeune gentilhomme de mes amis, qui arrive de Touraine, et que je vous recommande. Il sort de sa famille et n'est point accoutumé à Paris.

— Nous traiterons ce gentilhomme comme vous-même, monsieur Cyrano. Précisément notre plus belle chambre est libre, si vous voulez la partager avec votre ami, il y a deux lits.

— Ce serait avec plaisir, répondit le Gascon, tandis que Diane rougissait jusqu'aux cheveux, mais j'ai une longue traite à faire cette nuit, une mission à remplir. Je vous demanderai seulement une place pour mon valet et une écurie pour les chevaux. Je serai de retour demain.

« Au revoir donc, Raoul, dit le jeune homme en serrant tendrement la main de Diane, et, ajouta-t-il plus bas, ayez bon espoir; je vais travailler à votre délivrance définitive.

Sur ces mots, Cyrano sortit pour aller chercher un gîte à quelques pas de là, dans une mauvaise auberge dont il avait relevé l'enseigne au passage.

Restée seule, Diane, ou plutôt en ce moment Raoul de Lucé, suivit l'hôtesse, qui, portant un flambeau de cire, la conduisit à la chambre où elle devait passer la nuit.

Quant à Jolivet, mû par une défiance instinctive, il refusa d'aller occuper une soupente dans les combles, se fit apporter un pot de vin et s'accommoda dans une sorte de fauteuil près du feu qui couvait sous la cendre.

Tout à coup, le prudent garçon écouta.

Des pas confus se faisaient entendre dans la rue ainsi qu'un murmure de voix à peine perceptible.

Cependant Jolivet entendit ces mots:

— C'est bien là, te dis-je; je l'ai vu entrer avec les autres.

— Après tout, fit une voix, s'il n'y est pas, nous en serons quittes pour retourner à la place Royale.

— Oh! pensa Jolivet, cela pourrait bien nous concerner.

— Regarde, dit le premier qui avait parlé, on voit filtrer de la lumière à travers le volet. A cette heure, ce n'est pas naturel.

— Frappons, ajouta l'autre, et enquérons-nous.

En même temps, la porte fut heurtée rudement.

Au tintamarre l'hôtesse était descendue.

— Jour de Dieu! ils vont démolir la maison. Attendez, messieurs, cria-t-elle, je vais ouvrir, ne cassez rien.

Et joignant l'acte aux paroles, elle enlevait la barre de fer qui retenait la porte et poussait le verrou.

L'huis s'ouvrit sous la poussée de plusieurs hommes armés, qui pénétrèrent tumultueusement dans la salle.

— Emparez-vous d'abord de ce coquin, dit en désignant Jolivet celui qui paraissait commander.

Deux hommes s'élancèrent. Mais en faisant ce mouvement, ils avaient démasqué la porte.

Un tabouret tournoya et s'abattit sur la tête du plus proche, et, avant que le second eût pu le saisir, d'un bond de chat-tigre, Jolivet s'élança dans la rue et disparut dans l'ombre. Son adversaire voulut le poursuivre. D'un mot son chef l'arrêta.

— Laisse, dit-il, nous le retrouverons. C'est un plus gros gibier qu'il nous faut.

Puis, se tournant vers l'hôtesse:

— Vous logez depuis ce soir un gentilhomme qui répond au nom de Raoul de Lucé?

— Mon Dieu, monsieur, répondit la bonne femme toute tremblante, il a arrivé en effet il y a peu de temps un jeune homme accompagné d'un de ses amis et du valet qui vient de s'enfuir, mais la vérité est que je ne le connais pas. Il arrive de Touraine.

En ce moment on vit apparaître sur le palier du demi-étage le soi-disant Raoul de Lucé, très pâle, mais cependant l'air résolu:

— J'ai entendu prononcer mon nom, est-ce à moi que vous en voulez, messieurs?

Le gentilhomme avait l'épée au fourreau et ne paraissait disposé à faire aucune résistance.

— Parfaitement, répondit le chef des sbires. Vous êtes bien le vicomte Raoul de Lucé?

— Lucé est bien mon nom.

— En ce cas, continua l'estafier en s'inclinant ironiquement, nous allons avoir l'honneur de vous conduire en un certain lieu où Sa Majesté le roi Louis XIII vous offre l'hospitalité.

— Vous avez sans doute une lettre de cachet signée du roi ou de Son Eminence le cardinal-ministre?

— Nous avons un ordre et cela nous suffit.

Diane, qui cherchait à gagner du temps, jeta sur la porte restée ouverte un regard d'angoisse.

— Et, reprit-elle en grossissant sa voix, si je refuse de vous suivre?

— En ce cas, répondit le soudard, conservant sa politesse railleuse, nous aurons le regret de vous y contraindre.

— En ce cas, reprit le prétendu Raoul, comme je ne vois guère le moyen de résister à de pareils arguments, je crois bien que je me déciderai à vous suivre, à moins que...

Diane s'arrêta. Dans l'embrasure de la porte restée ouverte, se profilait la haute stature de Cyrano. Derrière lui, elle devinait la silhouette de Jolivet.

— A moins que... répéta l'estafier.

— A moins que le diable ne s'en mêle! lui cria le Gascon, en le repoussant, pour s'élancer auprès de Diane.

Jolivet l'avait suivi; tous deux maintenant placés devant le faux Raoul, et l'épée à la main, défiaient les sbires du regard.

Ceux-ci avaient dégainé à leur tour. Et la bataille commença.

Cyrano n'était pas pour s'effrayer de pareils adversaires. Il ne songeait qu'à couvrir Diane, et l'idée que celle qu'il aimait le voyait combattre pour elle, le persuadait qu'il était invincible.

Comprenant que le véritable ennemi c'était ce redoutable adversaire, les sbires s'étaient jetés tous les cinq sur lui, la pointe en avant.

Le généreux sang qui battait au cœur de Diane se révolta.

— Lâches! cria-t-elle d'une voix vibrante. Et se jetant audevant des assaillants, elle engagea le fer avec celui qui se trouvait le plus près d'elle.

Souvent, au château de Lucé, son père s'était plu à l'initier ainsi que son frère aux secrets de l'escrime.

Dans le feu de la lutte, les cheveux de Diane, retenus par son toquet, s'étaient dénoués et répandus sur ses épaules, sans qu'elle s'en aperçut.

Ainsi échevelée, elle apparaissait belle et redoutable comme la Clorinde du Tasse.

Ce fut la perte de son adversaire.

Dans sa surprise de reconnaître une femme en l'escrimeur qu'il avait devant lui, son attention fut distraite, il se découvrit et la fine épée de la jeune fille lui traversa le bras.

Le sbire laissa tomber sa rapière en criant: « Merci! »

Sa défaite acheva de décourager les deux adversaires de Jolivet.

Ils tentèrent de prendre la fuite. Mais déjà Cyrano leur avait coupé la retraite en se plaçant devant la porte.

— Jetez vos épées, drôles! commanda-t-il.

Les deux hommes s'empressèrent d'obéir, et Jolivet ramassa les trophées de sa victoire.

Les vaincus désarmés se tenaient serrés l'un contre l'autre, attendant ce que Cyrano allait décider.

— Vous voyez maintenant que vous avez fait fausse route, leur dit le jeune homme en désignant Diane qui rajustait sa chevelure. Une autre fois vous serez moins prompts à molester de paisibles voyageurs. Mais comme cette jeune dame ne veut pas que son incognito soit trahi, et qu'elle a, pour le moment, de graves raisons pour que l'on ignore sa présence à Paris, je vais m'assurer de votre discrétion.

— Oh! mon gentilhomme, répondit celui qui commandait aux autres et que Diane avait blessé, vous nous avez donné la vie, et je puis vous jurer...

Mais Cyrano l'interrompit du geste.

— Tu vas, dit-il à Jolivet, demander à notre hôtesse un paquet de cordes bien solides, qui te serviront à mettre ces trois coquins dans l'impossibilité de s'enfuir. Cela fait, et pour plus de sûreté, tu les enfermeras dans le plus profond des cachots de l'hôtellerie, et tu en mettras la clef dans ta poche.

Cependant la jeune fille avait fini par faire comprendre à son ami qu'en ce moment l'asile le plus honorable et le plus sûr était le château de Verrières, où sa tante, Mme de Pontvalais, serait trop heureuse de la recueillir.

Cyrano se rendit à la fin, et la petite troupe quitta l'hôtellerie, avec recommandation à l'hôtesse de ne rendre la liberté aux trois sacripants qu'une heure après le départ des trois voyageurs.

IX

UN RICHELIEU INCONNU

Le cardinal, vers le commencement du mois de novembre, était venu s'installer à sa maison de Rueil.

En ce moment, la grande affaire qui préoccupait le premier ministre, dont l'idée fixe, recueillie dans la succession du roi Henri, était l'abaissement de la maison d'Autriche, c'était de soulever les Portugais contre l'Espagne et de donner au duc de Bragance les moyens de se faire déclarer roi de Portugal.

Le père Joseph, après avoir commencé par contrecarrer le cardinal dans cette idée, avait feint de se rendre à son sentiment, et comme il fallait envoyer ce que l'on appelait alors un « résident incognito », il avait proposé son parent, M. de Feuillères.

Mais le cardinal, dont la défiance avait été éveillée par ce soudain revirement du franciscain, d'ordinaire plus attaché à ses idées, avait refusé, et se proposait de confier cette mission à un certain de Saint-Pé, Gascon fort habile en ces sortes de négociations et moins connu qu le parent du père Joseph.

Celui-ci avait paru très blessé du refus de Richelieu et s'était enfermé à son couvent de la rue Saint-Honoré, d'où il ne sortait que pour aller à celui de Picpus.

C'est dans ces circonstances que le cardinal, revenant de Saint-Germain, où il était allé assister au conseil du roi, apprit en rentrant que le baron Cyrano de Bergerac sollicitait l'honneur d'entretenir Son Eminence.

Cyrano, avec une vibrante indignation, fit au cardinal impassible le récit des faits que le lecteur connaît déjà.

Mais lorsqu'il arriva à l'arrestation de la litière et qu'il présenta au ministre les papiers dérobés par Jolivet, celui-ci s'en saisit et se mit à en dévorer le contenu avec un intérêt passionné.

Lorsqu'il eut tout lu jusqu'à la dernière ligne:

— Vous avez lu ces papiers? demanda-t-il au Gascon.

— Oui, monseigneur, répondit Cyrano avec l'assurance d'un homme qui vient de brûler ses vaisseaux. Il le fallait afin de savoir s'ils intéressaient assez Votre Eminence, non seulement pour m'obtenir l'absolution de certains faits, mais encore pour obtenir une récompense.

Richelieu fixa son regard clair sur celui du jeune homme dont la contenance assurée bien que respectueuse le frappa.

— C'est un homme, pensa le ministre.

Puis s'adressant à Cyrano.

— Vous avez pénétré, lui dit-il lentement sans le quitter des yeux, des secrets d'Etat dont la connaissance pourrait vous coûter cher. Avec un homme comme vous, reprit-il en relevant sa tête pensive, il n'y a que deux partis à prendre: vous faire fusiller immédiatement, ou s'assurer de votre discrétion par des grâces si hautes qu'elles vous imposent le silence. Etes-vous ambitieux?

— Non, monseigneur.

— Enfin, continua brusquement Richelieu, que demandez-vous pour m'assurer, si je vous laisse la vie, que les secrets que vous possédez resteront pour jamais ensevelis en votre mémoire?

— Monseigneur, sur la mémoire de mon père, sur mon amour pour Diane de Lucé, avant de vous demander aucune grâce, je fais le serment de ne jamais révéler ce que le hasard m'a fait connaître.

— Bien, répondit le cardinal, et moi Armand de Richelieu, j'ai foi en votre parole de gentilhomme. Maintenant, parlez: quelles grâces voulez-vous obtenir? Si elles dépendent de ma volonté, elles vous sont accordées d'avance.

— Monseigneur, je voudrais que Votre Eminence obtînt pour moi de Sa Majesté la reine, à qui appartient Mlle de Lucé, l'autorisation de l'épouser, et qu'Elle-même m'accordât la grâce pleine et entière de mon futur beau-frère, Raoul de Lucé.

— Accordé, répondit le cardinal, en tant que la reine n'aurait pas disposé déjà de la main de cette jeune fille. Ensuite... Vous n'êtes pas riche.

— Je ne possède qu'un petit bien en Gascogne qui me vient de mon père, mais Mme de Pontvalais veut bien contribuer à l'établissement de sa nièce, et nous aurons suffisamment pour vivre sur un pied modeste.

— Et c'est tout? demanda Richelieu.

— Votre bonté, monseigneur, m'encourage à solliciter de Votre Eminence la plus haute marque de confiance qu'elle puisse m'accorder.

— Parlez, répondit le cardinal avec curiosité.

— Eh bien, monseigneur, il est de par le monde un être qui me doit la vie, sur qui j'ai veillé avec une tendresse toute paternelle, et que le hasard de sa naissance expose à de perpétuels dangers.

La figure du ministre se rembrunit, un pli profond se creusa sur son vaste front.

Cyrano s'en aperçut et s'arrêta.

— Continuez, dit froidement Richelieu.

— Cet enfant, poursuivit le jeune homme, voué peut-être à la plus épouvantable destinée, je l'aime de tous les dangers que j'ai courus pour lui. Permettez-moi, monseigneur, de me vouer obscurément à son salut, à son bonheur. Je l'élèverai comme mon fils, je ferai de lui un honnête gentilhomme et un bon Français, s'il plaît à Dieu.

— C'est bien grave, ce que vous me demandez là, monsieur Cyrano, et vous êtes bien jeune pour vous charger d'une semblable tutelle.

— Votre Eminence reconnaîtra du moins que la demande que je lui renouvelle avec insistance est désintéressée.

— Oui, répondit Richelieu, et j'apprécie votre dévouement au sang dont sort cet enfant.

— Alors, monseigneur, vous consentez?

— Oui, répondit le ministre, comme s'il venait de prendre une résolution subite. Mieux vaut pour lui une existence paisible, ignorée surtout. Mais il ne convient pas que son éducation reste à votre charge, et je prendrai des mesures en conséquence.

Cyrano s'inclina en silence.

—Vous connaissez sans doute sa retraite? interrogea le cardinal.

— Oui, monseigneur, Mme d'Andigny veille sur lui dans un village des environs d'Arras.

— Bien. Tenez, reprit le ministre en écrivant quelques mots, voici qui arrête toutes les poursuites exercées contre le jeune Raoul de Lucé. Si vous connaissez sa retraite, faites-le prévenir; ce sera votre cadeau de noces. Demain, je parlerai à la reine de votre mariage. Dès qu'il sera conclu, vous viendrez prendre congé de moi.

Sur ces derniers mots, le ministre se leva, et Cyrano comprenant que l'audience était terminée, sortit du cabinet le cœur plein de joie.

Lorsque la porte se fut refermée:

— A nous deux, père Joseph, murmura le cardinal d'un ton menaçant.

EPILOGUE

Un domaine, fort modeste d'apparence, bordant le chemin qui descend à Saint-Avertin et adossé à la forêt de Larçay, et connu dans le pays sous le nom de Giraudière avait été acheté en l'an de grâce 1654 par deux gentilshommes assez mystérieux, dont on ne savait rien, si ce n'est qu'ils arrivaient de Gascogne.

Dans le pays, ils furent désignés sous le nom de MM. de la Giraudière, mais le lecteur perspicace a déjà deviné que les nouveaux propriétaires de la Giraudière n'étaient autres que Cyrano de Bergerac et le royal enfant sauvé par lui, et que leur serviteur était Jolivet, devenu l'heureux époux de son accorte compatriote, Mlle Pétronille, qui lui avait gardé dans son village la fidélité promise.

Des deuils successifs avaient assombri l'existence de Cyrano. Après quatorze ans de bonheur sans mélange, Diane de Lucé lui avait été ravie par un mal foudroyant, et son beau-frère Raoul avait été tué au combat de la porte Saint-Antoine, en chargeant les troupes de Condé.

La mort de Diane de Lucé avait rendu insupportable à Cyrano le séjour de son petit château des environs de Bergerac.

C'est ainsi qu'après avoir chargé un tabellion de Bergerac de la vente de son bien patrimonial, il était venu échouer à la Giraudière.

Jolivet, resté paysan de cœur, s'était chargé de faire valoir les terres qui l'entouraient, avec l'aide de quelques tâcherons. Ce mince revenu venait en aide à Cyrano, qui depuis la mort de Richelieu avait vu naturellement cesser la pension que lui servait le cardinal pour l'éducation de son protégé.

Celui-ci, prématurément développé par la vie au grand air, avait atteint sa seizième année et paraissait hardiment deux ou trois ans de plus que son âge.

Une idylle avait ensoleillé la seizième année du jeune Henri de la Giraudière: il avait vu et follement aimé Louise de Nantilly, parente de Mme de Monbazon, dont le château voisin de celui de la Giraudière, s'élevait à l'orée de la forêt de Larçay.

Le bon Cyrano, revivant sa jeunesse et son rêve trop tôt évanoui, en son âme blessée mortellement par les deuils, avait accueilli le jeune amour de son fils d'adoption, et souri à l'enfant — le petit-fils — que lui avait bientôt donné le jeune ménage.

Par une belle fin du jour du mois de septembre 1655, Cyrano était allongé dans un grand fauteuil, à la porte de sa maison.

Pâle, amaigri, n'ayant plus que le souffle, notre pauvre Gascon se chauffait frileusement aux rayons du soleil.

A l'heure où nous le retrouvons, il se sentait mourir...

Pendant qu'il contemplait la campagne tourangelle, si aimable et si douce sous le soleil d'arrière-saison, Henri lui faisait la lecture.

Le jeune homme, ne s'interrompait que pour jeter un regard inquiet vers son père d'adoption, ou bien pour couver d'un œil tendre Louise qui était assise auprès d'eux, tenant sur ses genoux un enfant qui dormait, le petit Savinien.

— Henri... fit tout à coup Cyrano d'une voix faible, sous un prétexte, éloigne ta femme pour un instant...

Lorsqu'ils furent seuls, Cyrano reprit:

— Je sens que c'est la fin...

— Mon père!... Que dites-vous là?

— Je dis que je vais mourir...

Et, imposant silence, d'un geste de la main aux protestations douloureuses:

— Que m'importe la mort, puisque je vois ton bonheur à jamais assuré... Je pars sans regrets, sans remords, car, par mes actes et par mes écrits, j'ai toujours travaillé pour la justice et la raison...

Puis, avec effort, il reprit:

— Mon fils, je n'ai jamais eu pour toi qu'un secret...

Henri se redressa:

— Celui de ma naissance?

Dans un faible sursaut, Cyrano murmura:

— Quoi! tu savais?...

— Oui, père...

— Qui t'a pu dire!

— Personne... Je me suis souvenu de certaines circonstances... J'ai rapproché des événements... Et j'ai deviné...

Puis, à voix basse, le jeune homme ajouta:

— J'ai vu mon mon frère: le roi... Et, à Amboise, j'ai vu ma mère...

Cyrano demeura un instant silencieux.

Enfin, regardant Henri bien en face:

— Veux-tu, demanda-t-il gravement, assurer la tranquillité de mes dernières heures?...

— Qu'ordonnez-vous?

— Je n'ordonne pas... Je supplie...

— Parlez!

— Pour que je puisse mourir en paix, jure-moi de ne jamais divulguer le secret de ton origine, de ne jamais...

Devinant ce qui allait suivre, le jeune homme acheva:

— De ne jamais m'autoriser de mon sang pour revendiquer les droits de frère, les droits de fils?...

Cyrano inclina la tête.

Alors Henri se redressa.

Et d'un ton solennel:

— Père, déclara-t-il, la main droite étendue, — sur la tête de ma femme adorée, sur la tête de l'enfant à qui nous avons donné votre nom, je fais le serment que jamais Henri de la Giraudière n'oubliera les préceptes qu'il a reçus de vous... Je n'aurai pas d'autre ambition que d'être, à votre exemple, un homme de cœur et de raison... Notre secret sera pour jamais enfermé au fond de ma conscience: je vous le jure!

— Merci... murmura Cyrano.

. . . .

Et, ouvrant ses bras tremblants, il s'écria:

— Viens m'embrasser, mon fils!

Une heure plus tard, Henri et Louise pleuraient près du cadavre de Cyrano.

Dans un coin, sanglotaient Jolivet et sa femme.

— Mort!... mon bon maître!... gémissait l'intendant.

Puis, en une naïve oraison funèbre:

— Lui!... Un si brave homme!...

Henri se retourna, les yeux en pleurs.

Et, d'une voix grave, il prononça:

— Oui, c'était un brave homme!... Un grand cœur — et un grand esprit!

LA GRANDE COLLECTION NATIONALE

35 cent. :: :: :: :: L'OUVRAGE COMPLET :: :: :: :: **35** cent.

Sous belle couverture illustrée en couleurs

OUVRAGES PARUS

2.*__Le capitaine Fine-Lame,__ roman de cape et d'épée, par Henri Germain.
3. __Mulot et Gendres,__ drame poignant de la vie réelle, par Ch. Foley.
4. __Rose sauvage,__ roman d'amour, par Georges Maldague.
5.*__L'Ile du Docteur Moreau,__ roman d'aventures, par H.-G. Wells.
6.*__Le Million du Père Raclot,__ roman sentimental, par Emile Richebourg.
7. __Amours de jeunesse,__ délicieuses aventures tirées des Mémoires de Casanova.
8. __La Fille aux yeux d'or,__ suivie de __La Vendetta,__ dramatiques récits, par Honoré de Balzac.
9.*__Voyage au Pays des milliards,__ relation de voyage en Allemagne, par Victor Tissot.
10. __Mariages de raison,__ amusantes histoires, par Max et Alex. Fischer.
11. __Martyre,__ émouvant roman, par Adolphe d'Ennery.
12. __La Religieuse,__ le chef-d'œuvre de Diderot.
13.*__Servitude et Grandeur militaires,__ scènes empoignantes et vécues, par Alfred de Vigny.
14.*__Le Chemin du bonheur,__ roman exquis, par Paul Bonhomme.
15*.__Les derniers jours de Pompéi,__ roman de la vie antique, par Lord Lytton (Sir Edward Bulwer).
16. __Le comte Satan,__ grand roman populaire, par Fernand Lafargue.
17. __Les Amours de la Duchesse de La Vallière,__ histoire sentimentale de la grande favorite, par Madame de Genlis.
18.*__Poésies__ d'Alfred de Vigny.
19. __Les plus joyeux contes de la Reine de Navarre,__ historiettes gauloises, par Marguerite de Valois.
20. __Simone,__ histoire d'une jeune fille moderne, par Victor Tissot.
21. __Résurrection,__ adaptation populaire de l'œuvre immortelle de Tolstoï.
22. __La Luxure,__ passionnant roman, par Eugène Sue.
23. __L'Auberge rouge.__ *Un Episode sous la Terreur. L'Elixir de longue vie, Sarrasine, Un Drame au bord de la mer,* tragiques récits, par Honoré de Balzac.
24.*__Poésies__ (*Rolla, Les Nuits, Poésies nouvelles, Contes en vers*), d'Alfred de Musset.
25. __Les Loisirs de Berthe Livoire,__ roman humoristique, par Robert Scheffer.
26.*__Napoléon intime,__ raconté par son valet de chambre Constant.
27. __Gatienne,__ délicieux roman, par Georges de Peyrebrune.
28.*__Les débuts de Sherlock Holmès,__ palpitantes aventures du célèbre détective, par Conan Doyle.
29. __Lettres d'amour à Sophie,__ correspondance sentimentale de Mirabeau.
30.*__La mare aux Folles,__ grand roman dramatique, par Georges Maldague.
31. __Rome galante sous les Césars,__ histoire saisissante de la vie antique, par Suétone.
32. __Le Coffre-fort,__ roman dramatique et littéraire, par J.-H. Rosny aîné, de l'Académie Goncourt.
33. __Aventures de Gil Blas de Santillane,__ par Le Sage.
34. __Trottin de Paris,__ roman, par Georges Beaume.
35. __L'amour à Venise,__ délicieuses aventures tirées des Mémoires de Casanova.
36.*__Robinson Crusoé dans son Ile,__ adaptation de l'immortel chef-d'œuvre de Daniel de Foë.
37*__Le Sorcier,__ délicieux roman inédit, par Henri Germain.
38. __La vie et la Correspondance amoureuse d'Héloïse et d'Abélard.__
39.*__Adam Worth,__ *Mémoires d'un voleur de qualité,* relation authentique, par Maurice Strauss.
40.*__Un drame sous la Révolution,__ roman historique, par Charles Dickens.
41. __Le droit d'être mère,__ roman social, par Paul Bru (Lettre-Préface de Brieux).
42. __Werther,__ roman d'amour, par Gœthe.
43.*__Les Hommes volants,__ prodigieuse histoire de la conquête de l'air, par H. de Graffigny.
44.*__Pour Lui!__ roman dramatique, par Louis Enault.
45. __Daphnis et Chloé,__ roman pastoral, par Longus.
46.*__Perdu au Maroc,__ roman d'aventures, par Charles Malato.
47.*__Le Drapeau brisé,__ histoire d'Alsace-Lorraine, par Charles Laurent.
48.*__La prise de Berlin,__ par Napoléon, bulletins de la Grande Armée.
49.*__La Comtesse Vassali,__ une héroïne de la liberté, par Ouida.
50. __Le Roman d'un officier,__ histoire vécue, par Jean Saint-Yves.
51.*__L'espion de l'Empereur,__ par Charles Laurent.
52.*__Les Français à Vienne,__ bulletins de la Grande Armée.
53. __Mon oncle Barbassou,__ amusant roman, par Mario Uchard.
54. __Secrets et Mystères de la Cour de Prusse,__ Mémoires de Voltaire.
55.*__Aventures de Cyrano de Bergerac,__ par Jules Lermina.
56.*__Cœur d'orpheline,__ délicieux roman, par Camille Pert.
57.*__Mes Prisons.__ *Dix ans dans les cachots autrichiens,* par Silvio Pellico.
58.*__La vie privée de Joséphine,__ racontée par sa femme de chambre Mlle Avrillion.
59.*__L'infortuné Plumard,__ amusant roman, par Rodolphe Bringer.
60.*__Ivanhoé,__ roman historique, par Walter Scott.
61. __Sans pitié,__ grand roman populaire, par Georges Maldague.
62. __Les plus jolis contes de Boccace.__
63.*__L'Enquête,__ roman dramatique, par Maurice Landay.
64.*__Un Lys dans la neige,__ charmant roman, par Victor Tissot.
65.*__Une Conspiration sous le Premier Empire,__ par Conan Doyle.
66.*__Le Poilu aux mille trucs,__ et autres Nouvelles et Drames comiques, par Cami.
67.*__Le Colonel Chabert.__ — *Adieu.* — *El Verdugo,* par Honoré de Balzac.
68. __Un Cœur virginal,__ roman, par Rémy de Gourmont.
69.*__Comme une fleur,__ roman sentimental, par Rodha Broughton.
70.*__Le Chevalier de Chabriac,__ roman historique, par le Baron de Bazancourt.
71.*__Mademoiselle Mimi Pinson.__ — *Histoire d'un Merle blanc.* — *Le Secret de Javotte.* — *La Mouche,* par Alfred de Musset.
72.*__40.000 francs de dot,__ grand roman populaire, p. Emile Richebourg.
73.*__La Sacrifiée.__ — *Ça fait du bruit.* — *Le Médecin du District.* — *Karataïev,* histoires émouvantes, par Tourguéneff.
74.*__Paul et Virginie.__ — *La Chaumière Indienne,* délicieux romans, par Bernardin de Saint-Pierre.
75. __La Chasse aux Amants,__ intéressant roman, par Ch. de Bernard.
76.*__La Nouvelle Madeleine,__ passionnant roman, par Wilkie Collins.
77. __L'amour au Pays Bleu,__ roman d'amour, par Hector France.
78. __Vieilles chansons de France.__
79.*__Le secret de l'Espagnol,__ roman populaire, par Henri Germain.
80. __Suzanne,__ roman vécu, par Edouard Quellac.
81.*__Les Fiancés,__ roman historique, par Manzoni.
82. __Le bonheur à trois,__ roman, par Armand Charpentier.
83. __Manon Lescaut,__ roman d'amour, par l'Abbé Prévost.
84. __Le Point noir,__ émouvant roman, par Fernand Lafargue.
85. __L'Amie,__ roman, par Henri Gréville.
86. __Les plus célèbres Contes drolatiques,__ par H. de Balzac.
87.*__La maison du Damné,__ roman mystérieux, par Pierre Zaccone.
88.*__Héva,__ roman d'aventures, par J. Méry.
89. __L'adoration perpétuelle,__ roman d'amour, par Guy de Téramond.
90.*__Yvonne la Simple,__ grand roman populaire, par Georges Maldague.
91.*__Les Emotions de Polydore Marasquin,__ roman d'aventures, par Léon Gozlan.
92. __Le Mari d'Hélène.__ — *La Maîtresse de Gramigna.* — *La Guerre de Saint Pascal et de Saint Roch.* — *Cavalleria Rusticana.* — *La Louve,* par Giovanni Verga.
93. __Candide.__ — __L'Ingénu,__ chefs-d'œuvre de Voltaire.
94.*__L'Epingle noire,__ roman historique, par G. Lenotre.
95.*__Aventures héroïques et amoureuses de Don Quichotte,__ par Cervantès.
96.*__Mademoiselle Cléopatre,__ roman, par Henry Gréville.
97.*__Les Joyeusetés de la Correctionnelle,__ par Jules Lévy.
98.*__Quo Vadis,__ adaptation du célèbre roman d'Henrick Sienkiewicz.
99.*__Le Marquis de Lestorière,__ intéressant roman, par Eugène Sue.
100. __Les Heures perdues d'un Cavalier Français,__ par un contemporain de Brantome.
101. __Les Vacances de Camille,__ roman d'amour, par Henry Murger.
102.*__Histoires Etranges et Mystérieuses.__ — *Le double Assassinat de la rue Morgue.* — *Le Scarabée d'Or.* — *Le Système du docteur Goudron et du professeur Plume.* — *La Vengeance du Bouffon.* — *Le Masque de la « Mort Rouge ».* — *Une descente dans le Maëlstrom.* — *Le Cœur accusateur.* — *La Lettre volée,* par Edgar Poë.
103.*__Picciola__ (*la Fleur et le Prisonnier*), par Saintine.
104.* __Les Révoltés,__ scènes de la vie révolutionnaire russe, par Victor Tissot et C. Amero.
105.*__La Belle Provençale,__ roman d'amour, par Jacques Vincent.
106.*__La Mionette,__ délicieuse idylle, par Eugène Muller.
107.* __Le N° 13 de la rue Marlot,__ roman policier, par René de Pont-Jest.
108. __La Belle Mme Lenain,__ roman, par Léon Barracand.
109.*__La Dot de Suzette,__ roman sentimental, par J. Fiévée.

IL PARAIT 2 VOLUMES PAR MOIS, LE 15 ET LE 30

ENVOI FRANCO DE CHAQUE OUVRAGE CONTRE **35** CENTIMES

(*) Les ouvrages précédés d'un astérisque peuvent être mis entre toutes les mains.

F. ROUFF, Éditeur, 148, rue de Vaugirard, PARIS (XVe)

Imp. WOLFF, 2, Cité Fénelon (40, rue Milton) Paris.

www.ingramcontent.com/pod-product-compliance
Ingram Content Group UK Ltd.
Pitfield, Milton Keynes, MK11 3LW, UK
UKHW012302240726
13966UKWH00004B/1583

9 782013 583336